集英社オレンジ文庫

小説

初めて恋をした日に読む話

山本　瑤

原作／持田あき

本書は書き下ろしです。

CONTENTS

1 6

2 25

3 50

4 77

5 99

6 122

7 143

8 160

9 183

小説

初めて恋をした日に読む話

1

「順子《じゅんこ》ちゃん、僕ら終わりにしないか」

春とはいえ、冬の寒さがまだまだ居座る、ある夜のデート帰り。非常に明快で的確な理由で、順子は恋人に別れを切り出された。

「この半年一緒にいたけど、順子ちゃん予定が終わるとすぐ帰るし。全然乗り気に見えないし、まるで僕のこと『適齢期だからなんとなく付き合っとくか』って見てる気がして」

い、いかにも。

春見《はるみ》順子、三十一歳、厄年《やくどし》。

婚活サイトで知り合った東大《とうだい》出身の安田《やすだ》さん。大正解で、ぐうの音《ね》も出ません――。

ぐうの音も出ないときは、もう歌うしかない。安田さんに振られたその夜に、友人の美《み》和《わ》ともんちゃんをカラオケに誘い、順子は歌いまくった。情感もたっぷりに研《けん》ナオコの

「かもめはかもめ」を歌っていると、友人たちのひそひそ声が聞こえてくる。

「で？　半年前焦って婚活して付き合った東大出身の会社員、安田さんにあっけなくフラれ、今研ナオコ」

「流れ着いたな」

「安田さん、死ぬほどキャラ薄い人だと思ってたのに案外鋭かったんだねぇ」

本当だよ。もう、図星すぎて笑うしかないのよ。順子は研ナオコを熱唱し終わると、マイクを置いて遠い目をした。

「いかにも私が三十一にもなって実家も出ずに、ぼんやり地元の塾講師やって、特別ピンと来てないけど、なんとなく彼氏がいるってことに安心してただけの、つまらぬ春見順子その人ですよ」

武者風にそう言うと、自他共に認める立派な歴女《れきじょ》のもんちゃんはふうむ、と感慨《かんがい》深そうな顔をしたけれど、現実主義で何かと手厳しい美和は何か言いたそうな瞳で順子を見る。

ああ、みなまで言わないで、美和。

「わたしも薄々思ってたよ？　みじんもときめいてないけど、ゼータク言ってらんないし、その内好きになるかもって。婚活サイトで探したわりには東大出身なんて、親喜ぶかなーって」

はい、ここで重要なキーワード。東大出身と、親喜ぶ。でもそんな順子の思惑《おもわく》など、先方には全部バレてたってことだ。なんとなーくこの人と結婚すんだろなあ、でも孤独死よりはましかあ、なんて考えて、相手をなめくさってたことも、全部。

でもまあ、フラれたもんは仕方ない。順子はちらっと腕時計を見て、ふにゃりと笑う。

「あ、やば。もう9時半。門限きちゃう」

すると、「トウッ！」と鋭い声がして、何かで顔をはたかれた。何か……べっちゃりとしたもの。

「ちょっ、美和！　今私のことピザではたいた!?」

「不健康な笑い方すな！」

中学高校の同級生でもある美和は、昔と変わらぬ美貌《びぼう》の持ち主であり、きっぷの良い姐御肌。バツイチ、彼氏が途切れた試しなし、とあらゆる点で順子とは正反対の女。その美和は今、豪快にピザを頬張りながら容赦《ようしゃ》ない言葉を順子に浴びせる。

「あんた忘れたの!?　中高ともにトップで名門お嬢大行って！　間違ってたら教師だろーが論破してたあの頃のイケてた自分を!!　三十一にもなって恋愛にも仕事にもポリシーがなくて周りに合わせて流されて！　あんたには自発性ってもんがみじんもない！」

「み、美和……」

美和は女豹《めひょう》のような女、よろめいた順子にさらに追《お》い討《う》ちをかける。

「どーせその安田さんて人と結婚したってね、浮気されて借金とかされて老後ボッロボロになって、相手のオムツ替えるのがオチだよ」

「おいちょっと心鬼にしすぎだわ」

順子はドスの利《き》いた声で言い返し、くるりと反転するともう一人の心優しき友人、もんちゃんに泣きつく。

「もんちゃーん」

「言っとくけどあんたともんちゃんはステージ違うからね」

うっ……そうだった。もんちゃんは筋金《すじがね》入りの歴女。リアルな男より伊達政宗《だてまさむね》に惚《ほ》れている。

それに比べ順子は趣味もない、情熱もない三十一歳。多分に迷走しております――。

美和に言われるまでもない。フラれたっていうのに涙も出ない順子は、夜道をひとりで歩きながら、今日もまた考える。

自分の人生、何にもときめくことなく終わってしまうんだろうか、と――。

「おねーさーん、こんばんはーっ！」

けたたましい轟音《ごうおん》と共に、二人乗りのバイクが真横を通り過ぎてゆく。順子は目を大きく見開いた。ノーヘルメットで後ろに座る男の子、夜目にも鮮やかな真っピンクの頭が、こちらを振り返る。

やば、目が合っちゃう――。

と、トラブルを未然に回避する暇もなく、順子はあっという間にバイク少年たちに囲まれてしまった。四人、いや、全部で五人だ。

「おねーさん、こんな時間に一人で歩いてたら危ないよー」

ん？ と小首を傾《かし》げて、少年のひとりがまじまじと順子を覗《のぞ》き込む。

「つかさー、お姉さんつか……どっちかっつーとおば……うわっ」

くわっと般若《はんにゃ》の顔となった順子に恐れをなしたのか、少年が言葉を呑《の》み込む。うむ、それでよし。その先を言ったら許さんぞ、小僧たち。

ちくしょう、こんな時間にわあわあ騒いで、若いってだけで人の迷惑顧《かえり》みず楽しそーに遊んで。あんたたちも早く妙齢《みょうれい》になって白髪と年金にオロオロしてみろってのよ！

などと、およそ八つ当たり的な毒を心中で吐《は》いていると、最初に目があった、ピンク頭の少年がすでに興味を失ったように、

「行こーぜ」

と仲間を促した。

順子は改めて彼を見る。頭は派手な色だけど、なんつー綺麗《きれい》な顔立ちか。ひとりだけ、なんだか様子が違う。印象的で、目が離せない。

少年たちは、

「じゃーね。パイセーン」

などと言って、あっという間に走り去ってしまった。

「……パイセンは許す」

などとつぶやいて少年たちの背中を見送った順子は、ふと、彼らが落としていったものに気づいた。黒くて渋い、クラシックな形のクラッチバッグだ。中を検《あらた》めてみればロマンスグレーのおじさんの写真、タバコにビジネス手帳が入っているではないか。

「お、オヤジ狩り!?」

これだからヤンキーは！

こんな遅くにブイブイバイク乗って、ギャーギャー騒いで。

夜景に吸い込まれていくように、テールランプが小さくなってゆく。楽しそうな笑い声も。順子はその光を、目を細めて見つめた。

あんな青春。あたしには、かけらもなかったですよーだ……。

心も体もなんだかすっかり疲れ切って自宅にたどり着いた順子は、玄関ドアの前で深呼吸を繰り返した。きっと顔をあげて覚悟を決める。

よし。いざ、ゆかん……！

「ただいまー。お父さんお母さん、今日ね、私フラれちゃったー。また婚期と孫が遠のいたー、ごめーん」

リビングにいた両親は揃《そろ》って順子を見た。父はのほほんと「あ、お帰り」と言ってくれたが、母が真顔のまま、まばたきもせず順子を見据える。

「……フラれたって。順子あなた何やってるの。あなたもう、三十一なのよ」

怖い。こういう時のお母さんは鬼そのものの顔をしている。

「あは、友達にもやばいって言われちゃってね」

「東大は落ちるわ、仕事はパッとしないわ。その上結婚まで。お母さんこのへんで居場所ないわよ」

順子は笑みを顔にはりつかせたまま母の口撃《こうげき》を甘んじて受ける。

うん、そうなんだよね。お嬢大、ではダメなんだよね、美和。お母さんはわたしが東大受験に失敗した日から、ずっと機嫌が悪い。

「まったく結婚くらいは雅志《まさし》より先に決めなさいよ、情けない」

　雅志は同い年のイトコだ。中高と同じ進学校に通いながら、悠々と現役《げんえき》東大合格を勝ち取り、現在はエリート商社マンだ。順子は何かと彼と比べられ、ディスられる毎日なのである。

「順、いいからもう休みなさい」

　優しい父に助け舟を出してもらい、順子は早々に二階に引き上げる。ベランダに出て缶チューハイを開けると、ニューファンドランド犬のとろろをぎゅっと抱き寄せた。

「とろろ、ごめんね。毎晩ベランダ晩酌《ばんしゃく》に付き合わせて」

　柔らかいとろろの顔をぐにゃぐにゃと弄《いじ》りながらアテレコするのもいつものこと。

『いいんじゃよ、順。ここならおっかさんの声も聞こえないし羽も伸ばせるじゃろう』

　ほんとその通り。家の中で、ここでとろろと晩酌する時だけが、息を吐ける。

　東大受験に落ちたあの日――。これはマジでやばいぞ、と努めて明るく母親に報告したら、後にも先にもないくらいの本気のビンタをくらったんだった。

　びっくりして。とんでもない失敗だったんだとまたびっくりして。そこから完全に調子を崩して、就職も第四志望で。東大出身の人と結婚して母の機嫌を取ろうとするもフラれて。気づけば、自分の考えじゃ何もできない、本気の恋をしたこともない、そんな三十一歳。

自主性がない。美和に言われるまでもなく、順子本人が一番自分をわかっている。

都内に大学受験予備校は数多くあれど、あまり知名度も高くない山王塾《さんのう》が順子の職場だ。

「春見先生！」

父親と同じ世代くらいの塾長がしびれを切らしたように言う。

「もうセンターまで一年切ってるんですよ！　講師側がそのようにやる気のない態度でどうします！」

「塾長すみません……」

「ことに春見先生は我が山王塾きっての不合格率を誇ってます！　あなた名門私大出てる経歴、ホントですか!?」

いやまったく。返す言葉もございません、はい……。塾長はメガネの奥の目を光らせた。

「来春も芳《かんば》しい成果が見られないようでしたら。契約続行の見合わせも検討《けんとう》させていただきますからね」

さすがに順子は青ざめる。

「し、死ぬ気でやります」

やばいやばい。このさえない人生にクビの烙印《らくいん》だけは押されてはならん。しかし、そのすぐ後の授業で。

「ボク。先生の交換を希望します」

数少ない教え子のひとりに、そう切り出されてしまった。

「春見先生、悪い人じゃないけど。一緒にいてもただ淡々と過去問題解いていくだけで……先生について行ったら、ボク、来年落ちる気がするんです」

いかにも。

そうですよね。ホントその通りですよ。本命の合格の仕方なんて。わたしが一番わからないんです。

死刑宣告を受けた気分でトボトボと家路についた順子は、ふと、昨日のバイク少年たちと出会ったあたりで足を止める。楽しそうな笑い声が聞こえて、そちらを見れば、コンビニの前に彼らがたむろしているのを見つけた。

なんと彼らはこの寒い中、そこで花火をしているのだ。

「またなんか眩《まぶ》しいことしてる〜」

順子は思わず茂みに身を隠すと、恨みがましく彼らを見つめた。季節外れの花火だと？そんなの映画か歌詞の中でしか知らないっつの。

少年たちは花火をしながら、愚痴《ぐち》のようなものを言い合っている。

「でよー、うちのババア、まーじ空気読めねーし、クソむかつくんだよ。俺が受験落ちた途端、ゴミ見るみてーな目で見やがってよ」

おお、わかるぞ。

「そっからはもー、俺スルーで。弟ばっか。でも弟のことは俺も嫌いじゃねーし」

わかる。私もイトコは嫌いじゃない。

「でもあいつ最近彼女できてよー。やっぱ許せねー」

あーそれは確かに許せねー。

順子は茂みの中でいちいち頷《うなず》いた。順子の学生時代は母親の顔色を気にして、延々勉強漬けだった。

「まあ、昔はそれなりに好意を寄せてくれた人もいたんだけどなあ」

あれは確か高校卒業間際。でも受験失敗しといて彼氏できたなんて言ったら、母にぶっ飛ばされそうな気がして、ビビって逃げた。それからずっと、自由も恋愛もなんか怖い……と、若い頃の感傷に浸っていると、何やら茂みの向こうが騒がしい。

「やべっ、服に火ぃついたっ」

なんですと？　驚いて立ち上がろうとしたその時。

「カブ！　今、水かけてやるから！」

あのピンク頭がやおらホースを持ち出して、思いっきり放水した。服に花火の火がうつった仲間の少年と、その真後ろにいた順子の顔面に。

順子は全身ずぶ濡れの状態で、ザッと茂みから姿を現した。まるで真夏の夜のお化けでも見たかのように、ヒィッとのけぞる少年たち。

「若いってことはそれだけで素晴らしい」

「は？」

順子は昨日の渋いクラッチバッグを、ピンク頭の胸元につきつける。

「これ！　昨日の落とし物！　補導《ほどう》されないように気をつけなさいよ！」

あー、と少年はクラッチバッグを受け取り、呟《つぶや》くように言う。

「無くしたと思ってた」

すると別の少年が、それをひょいと覗《のぞ》き込む。

「何？　これ。渋っ。匡平《きょうへい》の？」

「親父《おやじ》の」

なんだ。お父さんのだったのか。おやじ狩りじゃなかったんだ。少年たちの視線は、今度はまじまじと順子に注がれる。

「つか、こいつよく見たら昨日のオバ……」

「パイセンだ！」

うむ。パイセンは許す。順子は「じゃ、これで」と踵《きびす》を返そうとした。すると、

「あー、ちょっと待った」

ピンク頭が自分のパーカーを脱いで、ばさっと順子に放り投げる。

「礼。探してたから助かった」

それからクラッチバッグからひょい、とタバコを取り出して、それも投げてよこす。

「親父のだけど。これもやる」

ばいびー、と少年たちはバイクにまたがる。順子ははっとして彼らに向かって叫んだ。

「い、要らないわよ。タバコなんて吸わない！」

「へーあっそー」

今夜もけたたましい音とともに彼らはさってゆく。変な子……特にあのピンク頭。


（すごいわ順子、もうこんなに出来たの？）

用意された難しい問題集をすらすらと解いてみせると、母は本当に嬉しそうだった。

（うんすぐ出来たよ）

（すごいわ、ママ嬉しくなっちゃう。おじいちゃんもパパもパパのおにいちゃんも、みーんな賢いのよ。順子も似たのかしら）

嬉しそうに笑って順子の頭を撫《な》でてくれる母。順子はそれが何より嬉しかった。

（うん！　順子もっと頑張る！　うんと賢くなって、ママをもっと嬉しくさせてあげる！）

東大の合格発表を見に行った帰りのバス停で。マフラーの中に顔をうずめて途方に暮れた。試験をやり直す夢を、それから何度も見た。

自信も目標も。大事なもの全部、あの頃に落として来てしまった気がする。

生徒の一人からチェンジの希望を出されたとはいえ、残り少ない受け持ちの子の面倒は見ねばなるまい。戦地に赴《おもむ》く武将のような心構えで教室に向かおうとしていた順子は、廊《ろう》下《か》で誰かにぶつかった。

「あ、すみませんっ」

「こちらこそ失礼」

深みのある声。顔をあげると、ロマンスグレーのおじさまがそこに立っている。高級そうなスーツに、少し尊大な眼差《まなざ》しの。あれ？　このおじさま、どこかで……。

「おい。何考えてんだよ親父」

順子は目を大きく見張った。嘘でしょ？　おじさまの肩越しにあのピンク頭が見える。ピンク頭なのに濃紺《のうこん》の学ランを着てそこに立っている。

「こんなとこに連れてきて。俺はぜってー親父の言うことは聞かねーからな」

それから目があって、同時に「あ」と声をあげた。

「すみません、よろしければ相談室に」

慌てた様子で出て着た塾長に、少年の父親らしき男性は軽く頭を下げる。

「失礼。息子は少々躾《しつけ》が行き届いておらず。お恥ずかしながら高校卒業も危うく、わたしとしても情けなく世間に顔向けができません」

順子は額に手をあてた。

マイヤン。あなたも意外にめんどくさいとこにいるのね。言うんだよね、親って、世間とか恥とか。

気まずそうな塾長をよそに、男性は語り出す。

「高校に上がる大事な試験を落とし、おかげで私は息子の学歴について誰にも言えません」

順子が毎日のように母に言われ続けているセリフと同じだ。でもマイヤンは偉い。曲がりなりにも自分の意志で反抗して、グレて。あたしも、と順子は思う。出来るならあの頃に戻って、違う人間に生まれ変わりたいくらいだよ。

「息子はこの通り、不良まがいのろくでもない輩《やから》です」

男性の話は続いている。

「おい親父、いい加減にしろよ――」

「放っておいたら世間の害にしかならない。なんの社会的価値もないゴミだ」

何かが。順子の中でプチッと音を立てた気がした。

「いっそ見切りをつけたいところですがなにぶん一人息子で、大卒ぐらいの箔《はく》はつけておかないと――」

ばん！　派手な音を立てて赤本が床に叩きつけられる。やったのは順子だ。奇《く》しくも東大理科前期日程、最近八年分の赤本を。

「は、春見先生っ⁉」

絞《し》められる時の鶏《にわとり》みたいな声を塾長があげる。男性も少年もあっけにとられたように順子を見ている。

「逃げなさい！」

順子は叫んで、人差し指を男性につきつけた。

「こんなね！　人にゴミとか言う人間の言うことときかなくていいわよ！」

「なっ……」

「ちょっ、春見先生、あなた、何言っとんですか」

塾長が羽交《はが》い締《じ》めにして止めようとするも順子は叫び続ける。

「キツいもんはキツいって正直に言わないとね。大人になってパンクの仕方すらわかんなくなっちゃうんだよ」

そうだ。それで後悔《こうかい》したってもう遅い。

「今のうちにちゃんと反抗して。めいっぱい大人に怒られなさい！　好きなだけ暴れなさい！」

ピンク頭の少年が、まばたきもしないで順子を見つめている。順子は最後に叫んだ。

「私みたいなつまんない大人に、絶対になるなー！」


「あーあ。ついに終わったわ、クビだー」

バルコニー晩酌《ばんしやく》で、とろろに顔を寄せる。冷たい空気の中でとろろに触れると、嫌でも昔の記憶が蘇《よみがえ》ってくる。

（とろろ……雪降ってきちゃったね）

あの日も寒かった。春なのに雪が降って、制服を着たままとろろの散歩途中、ベンチの上で縮こまって動けなかった。寒くて、またマフラーに顔をうずめて途方に暮れた。

(東大落ちてからお母さん笑わなくなっちゃってさ。家に帰りたくないんだあ)

ああ、出来るなら。あの日の私を迎えに行きたい。

大丈夫だよって言ってあげたい。寒さに凍えて途方にくれる十七歳の私に、大丈夫だって。まだなんでもがんばれるはずだって。

でも――それなら、今からだって。もう三十一歳だけど。厄年《やくどし》だけど。

あの少年にもらったタバコを一本抜き出し、火をつける。盛大に咳《せ》き込んで、とろろが心配そうに覗《のぞ》き込んでくる。不味《まず》い。不味すぎて涙が出る。泣けて泣けて、仕方がない。

次こそ。次こそがんばろう。仕事見つけて、恋もして。

今度こそ、一生懸命、がんばろう――。

「本日は最後のご挨拶《あいさつ》に伺《うかが》いました」

順子は神妙な顔をして、深々と頭を下げる。塾長は困ったような、ホッとしたような、複雑な顔をしている。

「塾長。今までお世話になりました」

「春見先生……」

「あのー」

ドアが開き、塾長が素《す》っ頓狂《とんきょう》な声をあげる。

「あ、あれ？　き、君は昨日の？」

順子も振り返る。確かにそこには、あのピンク頭の少年が立っている。彼は順子をひたと見据えて、こう言った。

「俺を、東大に入れてくんない？」

2

今この子、なんつった？

「……東大《とうだい》っていうのは君、その。『東京〇〇大学』略して東大とかのやつでなく？」

「東京大学」

迷いなく少年は答える。真っ青になって絶句する順子と塾長をよそに、少年はさらに淀《よど》みなく名乗った。

「由利匡平《ゆりきようへい》、南高《なんこう》二年」

順子はごくん、と唾《つば》を飲み込んだ。今のも、聞き間違いだろうか。

「南…高っていうのは…あの土手にある〝ディスイズアペン〟で受かると噂《うわさ》の？」

「だったら何だってんだよ」

くるりと背を向けてさろうとした順子《じゆんこ》の襟首《えりくび》を、塾長がむんずとつかむ。

「春見《はるみ》先生！　生徒から逃げ出すたー、あんたそれでも講師ですか！」

「だってこわいですよ！　南高から東大出たらギネスっすよギネス」

あまりの衝撃に慌てふためく順子と学長に、少年は涼しい顔で壁に貼られた塾のポスターを指差す。

「選ぶのはキミだ、とか。このポスターの熱ーい言葉の数々は、サギなわけ？」

順子はひとつ深呼吸する。そうか。そこまで言うなら聞いてやる。

「由利……君。じゃあこの学力認定テストやってみて。普段勉強はどれくらいしてる？」

「わっかんね。中学以来教科書開いたことねーし」

「い、威張るな！　勉強してないくせに威風堂々《いふうどうどう》とすなー！」

順子は最大限に声を張り上げた。

「この問題はね、中三レベルなの。東大目指しているような子は、こんな問題に一刻一秒すらかけてらんないのよ。スカしとる場合か！」

「は、春見先生、近所迷惑ですよ」

順子は肩で息をする。ぜーはーぜーはー。そうだ。何をこんなに熱くなってしまうのか。順子は今日をもって退職するのだから。

少し気持ちを落ち着けて、順子は由利匡平と正面から向き合う。

「マジメな話、急にどうしたってのよ。昨日はあんなに嫌がってたじゃない」

「そー。親父《おやじ》昨日ここで会ったとんでもねー講師見て考えが変わったらしくて。『あんな塾、お前の夜遊びより最低だ。家庭教師つける』とか言い出して。ならこのクソみたいな塾から東大行って親父黙らせてやりたいんだよ」

なるほどね。よし、それならこっからは一人の人間として話をしてやる。

「今すぐ恋をしなさい」

「は？」

「今ね。男の人だって三十歳独身の五人に一人は、生涯《しょうがい》独身なのよ」

順子はがさごそとバッグの中を漁《あさ》った。

「去年、婚活神頼みツアーの神社で貰《もら》った大切な『恋愛成就飴《じょうじゅあめ》』あげるわ」

「……大丈夫かよ」

「こー見えてみじんもふざけてないわよ。この人生最強しくじり先生の私が言うわ。誰かのためとか、誰かのせいで自分の進路決めたらダメ！」

そうだ。この歳《とし》まで失敗の連続で後悔したってどうにもならないってことだけは学んだ。

「私はね。子供の頃から親の言う通り東大に入ることしか考えてなかった。友達と遊べなくても男の子とデートしたことがなくても、合格さえすれば全部チャラになると思ってた」

行けなかった花火大会、自分以外のクラスのほとんどが参加した文化祭の打ち上げ。

「でも受験に失敗して、人生のプランがまっしろになった時。やりたいことなんてひとつも見つけられない自分に気づいた」

東大に合格できたとして、その先、いったい何ができたというのだろう。人生の目的が、ただただ東大に合格することだけ、だったのに。それから、母親の笑顔と。

順子は唇を噛《か》み締める。真っ直ぐに匡平の目だけを見つめて言った。

「失敗するにしたってね。何で、自分で道を選ばなかったんだろうって。いまだに後悔してるの」

どうだ。少しは響いたか、ピンク頭のマイヤンめ。これでただ父親に反発したいからという理由で東大合格なんて野望は抱かずに――。

「るせーよ」

匡平は制服のポケットに手を突っ込んだまま足を投げ出し、言った。

「好きなだけ暴れろっつったのは自分だろーが。結局テメーが自信ねぇだけなんじゃねーの。クソババア」

く、くそばばあ!? マイヤン、あんたにはあたしと同じ思いして欲しくないだけだったのに――!

いかにも。十七歳の少年からしたら、順子はクソババアかもしれぬ。それでもって、めでたく職なし彼氏なしだ。

「クビ!?　ほんとなの順子ちゃんっ」

恒例の女三人の飲み会で、もんちゃんは驚いて青くなったが、

「おお、いーじゃん！」

と美和は軽く言って、タバコをすぱーっとふかした。

「祝福するよ、順。あんたの職場は出会いが少なすぎた。毎日人事異動もない職場で、家まで徒歩十五分。休日も家にこもるか、うちらと飲んでるだけの順に彼氏ができる確率は、天文学的数字！」

そ、そこまで言うか！　いくら自分がバツイチ彼氏持ちだからって！

「おい！　一度でも結婚した人間はそんなに偉いのかーっっ！」

「『自分がやらねば誰かがやる』んじゃなかったの」

美和はじっと順子を見つめて真顔で言う。

「『私が諦めたことは別の誰かが叶えてしまう』。高校ん時の順のスピーチ、私今でも覚えてるのに。私、あの頃のかっこいい順、大好きだったよ」

あれは高三の弁論大会。確かに順子は壇上《だんじょう》で言った。

（自分がやらねば誰かがやる——だから私は決して後悔しないように、今に全力を尽くす）

あれが人生の旬《しゅん》だった。振り返ると、だいぶ情けないけど——。

がんばるって決めてはみた。けれどいったい、何からがんばればいいのか。

「な、なんじゃこりゃ」

順子はひとり居酒屋で飲みながら、就職情報誌とにらめっこをしていた。

「年齢制限三十歳まで!?　キャリア形成のためって。うわっ、こっちなんて中国語必《ひっ》須《す》？」

もんちゃんと美和と別れ、とりあえずコンビニで手にとった就職情報誌。家で見ていると母の視線が怖いから、こんなところでこそこそと。すると、

「順、おまえ本気か」

聞き慣れた男の声が背中にかかる。

「女がこんな時間にひとりで何やってんだ」

振り返ると、上等なスーツに身を包んだ同年代の青年が、呆《あき》れ返ったように順子を見て

いる。

「雅志《まさし》！」

そう、雅志だ。同い歳で、高校まで一緒に進学校に通っていたけれど、順子と違って東大に現役《げんえき》合格したイトコ。

「久しぶりに日本帰ってきてみれば、外から丸見えな席でイトコがひとり酒してて、こっちまでしょっぺーわ」

「わーん雅志、全然会いたくなかった〜」

「お前相変わらず腹たつな」

とか言いながら、雅志はネクタイを緩《ゆる》めつつ、ちゃっかり隣に腰を下ろし、順子が注文したたこ焼きに手を伸ばす。

「は？　クビ？」

「笑ってくれ。一周回ってフリーターになり家を買う妄想までしている私を……」

「別にいーじゃねーか、あんな四流塾」

「あ？」

「わりー。東大をオール優で卒業し、年間2、3ケタ海外飛び回ってるエリート商社マンの俺には、みじんも分からん」

「な、なっ」

「おら食え」

雅志はぽかんと開いた順子の口にたこ焼きをひとつ放り込む。そしてにやりと笑った。

「おまえんちのヒステリー母ちゃんがひっくりかえんの、楽しみだな」

雅志とは、父親同士が兄弟だ。どちらの父親も東大出で、雅志は母親も東大出で女医をしている優秀な家庭。だから、順子の母親は幼い頃から何かと雅志の家をライバル視している。

口が悪くて、痛いとこずけずけついてくるけど。順子は不思議と昔から、雅志と一緒にいると楽だった。それになんだかんだ言って優しいから、今も愛車のレクサスで順子を家まで送り届けてくれる。

「ありがとねー」

と車を降り、軽く手を振って家に入ろうとした時。

「順。それでお前、あっちの方はどうなんだ?」

突然、雅志が窓越しに聞いた。

「は? あっち?」

「バカ。あ、あっちっつーのはその……男とかそっちの方面だろうが」

どういう方面だよ。めずらしく歯切れの悪い雅志を順子がまじまじと見つめると。雅志はなんだか赤くなって目線を外す。

「あーその、なんだ。俺も今なら割と手とか空いてるし、聞いてやろうか。まあ俺も忙しいからな、今がチャンスだからな」

「雅志！」

順子は車まで足早に戻り、ずい、と雅志に顔を近づけた。

「もしかして誰か紹介してくれんの？」

「は？」

「助かる！　私もう一から婚活とか面倒で面倒で」

「おい。最後まで聞け……」

「おやすみイトコ日本一～」

順子はさっさと家に入ってしまったので、その後、このイトコが呟《つぶや》いた言葉を知らない。

「……ぶねー。海外行ってる間に男出来てたらどーしよーかと思ったぜ。あんな女、男がほっとくわけねー。早くしねーと」

雅志にはつい紹介のことを頼んだけれど、順子はマジメに再就職先を探すつもりでいた。

翌日も就職情報誌とにらめっこし、スマホにアプリまで入れた。夜もとろろの散歩ついでに道端でアプリをチェックする。

「一年以内に正社員になる方多数！　バイトから頑張るのもアリかなあ。へー、こっちは夜間教室講師か」

　すると、

「こらっ！　君たち高校生じゃないか？」

　鋭い警官の声が響き渡った。見れば、すっかり見慣れたピンク頭とその仲間たちが、警察に補導《ほどう》されかかってる。

「名前と学校言いなさい」

「オマーリさん、俺らなんかにかまってちゃダメっす！」

「そーっす、そーっす！　他にも大事な事件とかあんでしょお？」

　やれやれ。順子は彼らのところまで行くと、ぬっと合間に顔を出した。

「この子たちがすみません」

「あ、パイセーン！」

　と、つんつん頭の少年が嬉しそうにする。可愛《かわい》いところあるじゃねーか。

「なに？　あなたこの子たちの先輩なの？」

一方警官はさらに胡散臭《うさんくさ》そうな顔をして順子を見る。

「どういった先輩?」

「……しみったれた人生の……」

涙声で呟《つぶや》くと、少年たちが同調する。

「うう……パイセン、元気出して」

「オマーリさん、勘弁してやってくれ。この人通りすがりのしょぼくれたアラサーだから」

「かわいそーな人なの!」

メガネの少年が涙さえ浮かべて手にしたソフトクリームを振り回す。そのソフトクリームは勢い余って見事警官の顔面にヒットした。

「やべ」

ここからの順子は早かった。

「走るわよ!」

「は?」

仰天《ぎょうてん》している少年たちを尻目に、いの一番で走り出す。

「あんたたち、たらたらしてんじゃないわよ! 早く!」

「ま、待ちなさーい！」

この状況で、警官に待てと言われて待つはずがない。全員で一目散に走った。脇目も振らず。すると、

「待てって！」

匡平がむんずと順子の肩をつかむ。振り返る。よかった、どうやら追ってきてはいない。

「おかしーだろ！　なんでお前がいの一番に逃げるんだよ！」

「わっかんね……」

順子は道端に腰を下ろし、ぜーはーと肩で息を繰り返す。同じようにとろろも相当苦しそうだ。

「なんか……マイヤンたちがしょっぴかれると思ったらつい」

「誰がマイヤンだ」

そこで順子は顔をあげ、匡平が作業着姿で首にタオルまで巻いていることに気づいた。

「バイトなの？　こんな時間に？」

「夜勤のが割いーし。早く家出てーから。歳《とし》ごまかして働いてる」

「はあ……相変わらずロックでパンクだね。まぶしーよ」

「……親父《おやじ》にチクったりしねーだろーな」

「チクんねーよ。歳ごまかして行動して、根性あるじゃない」

匡平は軽く目を見張って、それから、じっと順子を見た。

「そっちこそ。今日なんかちがくねーか」

順子は今日、かなりカジュアルだ。仕事でもないし、とろの散歩に出ていたのだから。

「もう先生じゃないもん。人生の夏休みだよ、あはは」

「こないだから思ってたけど。なんかあんたって大人っぽくねーよな」

順子はくすりと笑った。

「ばーか。残念だけど大人だよ」

どんなにバカやってみたって。君たちみたいな無敵な時間は私にはもうない。じゃあね、と手を振って去ろうとすると。

「あのさ、ちょっと待って」

匡平が追いかけてきた。

「これ、教えてくれよ」

順子は驚き、彼が手にしているものをまじまじと見た。山王《さんのう》塾学力認定試験の冊子《さっし》が数冊。

「テスト!?　うちの塾の入塾用じゃない！　もしかして、持って帰って自分でやったの!?」

匡平は真顔で頷《うなず》く。

「でも勉強なんて長いことやってねーから、やり方が分かんねんだよ」

このピンク頭少年がテスト持ち帰ってお勉強……マジ!?


「だいたいなんだよ、この虫の名前たち」

神社に続く長い石階段に座り込み、ふたりでテキストをのぞきこむ。匡平はさっきからいちいち納得がいかない様子だ。

「トゲアリトゲナシトゲトゲって。結局どっちだよ。それによ、この生物の、絵で描きなさいっておかしくねーか。普通に描けねーよ」

順子は思わず頷《うなず》いた。

「それは私も長年の疑問だった。学生に急にバッタとか高度な画力求めんの、謎だなって思ってた」

匡平はそこでテキストから顔をあげ、順子を見る。

「おい。飲みながらとかお前ヒジョーシキだろ!」

順子は、ははっと笑って缶チューハイを掲《かか》げる。

「私は今風より自由なニートなの！」

「……んだよ。ったく」

それから少しの時間ではあったけれど、石階段で勉強を教えた。匡平がバイトの時間になり、

「じゃー……もう戻んないといけないから」

と名残惜《なごりお》しそうに立ち上がった。別れしな、順子はとろろと一緒に、自分より背が高い男子高校生を見上げ、微笑《ほほえ》んで言った。

「ねえ。私はもう先生クビになっちゃったけど。そのテスト、最後までやったら他の先生ちゃんと見てくれると思うよ」

匡平は黙って順子を見下ろしている。

「別にお父様のことヌキにさ。ただ勉強楽しんでくれたら、それは絶対に無駄にはならないと思う」

「……これからどーすんの」

「さあ？　私も髪でも染めてみようかな？」

背中まである長い髪を持ち上げて、冗談めかしてそう言ってみる。でも、心の中では目の前の少年にお礼を言っていた。

由利匡平君。

君の名前、忘れないよ。ダメダメ先生のこの私に、初めて「教えて」って来てくれた子。

ありがとうね――。


翌日。時間をかけて作成した引き継ぎ資料に辞表を載せて、順子は塾長に挨拶《あいさつ》をした。

「塾長。生徒さんたちの引き継ぎ資料できました。残りの荷物は、後日取りにうかがいます」

塾長はふう、とため息を漏《も》らす。

「春見先生。契約期間はまだ満了ではないですが、本当にいいんですか?」

「うっ……塾長、そんなこと言ってくださるんですか」

「あ、別に引き止めているわけじゃありません」

そうですよね、はい。うなだれる順子に、塾長はさらに言う。

「塾は学校とは違いますからね。みんな、ただただ勉強をしに来るんです」

「はい」

「それでも時々、遊園地にでも行って来たかのような、そんな顔で帰る生徒がいます。それくらい、出来なかったことが出来るようになるって、楽しいものなんです」

順子は、大きく瞳を見開く。

「あなたの授業にはそういうものがなかったように思います」

（そうそう、すごいわ、順子）

遠い日。分からなかった問題を解けるようになった時、母は嬉しそうに笑っていた。でもその母以上に、順子自身が嬉しくて、笑っていたのではなかったか。

（うんお母さん、これもこれも出来るようになったよ！）

あの遠い日に。ずっと忘れていた、出来なかったようなことが出来るようになった、あの喜び。

（教えてくれよ）

夜の街で、テストを片手に追いかけて来たピンク頭の少年の顔がちらついた。順子は横断歩道が青になっても渡ろうとせず、ぼんやりと立っていた。すると、

「だからお前さー、街でしょぼくれた顔して一人でいんのやめろって」

見慣れたレクサスが停まり、見慣れたイトコが顔を出す。

「乗れ」

順子は黙って助手席に乗り込んだが、ふと、このいつも完璧《かんぺき》で自信に満ち溢《あふ》れたイトコに聞いてみたくなった。

「雅志は、東大入ってよかった？」

「よかったも何も当然の進路だったからな」

答える声は迷いなど一切ない。しかし続く問いは歯切れが悪かった。

「お前さ……あー、今時、だけどよ……永久就職って考えはないのか？」

順子は、はは、と乾いた声で笑うしかない。

「契約社員崩れの私に終身雇用の話？」

雅志はなぜかずっと頭をハンドルにぶつけそうになっている。

「よしわかったぞ、順子。金曜夜食事に行く。空《あ》けとけよ」

「何!?　合コン？」

色めき立つ順子に、雅志はなぜかやけくそな様子で。

「あー、紹介してやるよ。だけどまずは、その……作戦会議だ」

どんな会議だ、いったい。まあいいか、と約束だけして、順子は車を降りる。すると雅志が運転席の窓を開けて言った。

「順。もういい加減、大学のこと忘れろよ。せっかくもう自由だ。学生時代できなかったこと、今いくらでもやればいいじゃねーか」

本当だよね、雅志。

でもさ、塾長が言ってた喜びってやつ。あの不良少年が感じられたらって考えたら。なんか私まで、嬉しい気がしたんだよね……。

翌日も普段着でぷらぷらしていると、また街中であの子たちに遭遇《そうぐう》した。ケンタッキーの前で、メガネにフードをかぶった少年がジタバタと騒いでいる。

「俺の肉かえせーっ！　俺朝からずっとケンタのことばっか考えてたのにーっ」

「やめなさい、男の子がお肉でぎゃーぴー、みっともない」

順子は彼らのところまで行った。もうすっかり顔なじみだ。パイセーン、と向こうも嬉しそうにする。

ただし今日は四人だ。匡平の姿がない。

「お小遣いやるから買って来な」

と店の中に入り、みんなでポテトやチキンをつまむことになる。

「ところで今日、由利君はどうしたのよ」

「あー、あいつ今日、ミシュランレストラン」

「ミシュラン？」

「あいつボンボンだからさ。たまーに親父さんに無理やり食事連れてかれて。今日はミシユランレストランってのに行ってるんだって」

「ミシュランってのはガイドの名前であって……まあいっか。ボンボンね。なんとなくお父様から雰囲気《ふんいき》は感じてたわ」

「まーでも、匡ちんの親子関係にはちょっと責任感じてるとこあるっつーか」

メガネの子が、急にしゅんとした顔になる。

「責任て？」

「俺ら五人、小学校からの幼馴染《おさななじ》なんだよ」

順子は改めて一人ひとりを見た。メガネにフードの子、黒髪で背は高くて美形だけど寡《か》黙《もく》な様子の子、頭金髪の子、体格が良くて髪の毛がつんつんしている子。確かに個性もばらばらだ。

メガネの子が話し出す。

「中学ん時ってなんかグループ分かれたりすんじゃん。真面目《まじめ》系とか、やんちゃ系とか。俺らはまー、四人ともはっちゃけてて。でも匡平は、一緒には遊んだりもしてたけど、そーゆーの全然染まらなくて。勉強も普通にできたし、先生からも一目置かれてたんだ。なのに中二にあがる春休み」

匡平の父親が、五人で集まっているところに乗り込んできたという。

(こんな奴らとは今すぐ縁を切れ!)

(今後一切つるむな。わかったな)

「そっからはもうあいつ、どんどん悪くなって、高校まで俺らと同じとこ入っちゃって。俺らは匡ちんといたら楽しーけどよ。あいつは……このままでいいのかなあって、思うんだよ」

匡平の父親がどんな剣幕で息子と友達を引き離そうとしたのか。順子には見えた気がした。その時、匡平がどんな目で父親を見ていたのかも。

東大に入れてくれって、あの子は自分でドアを開いた。

もしかして、と順子は考える。

あれは私が思ったより、ずっと大きな意味があったの?

金曜日。最終的な引き継ぎと荷物を引き上げるために、順子は最後に職場に来ていた。立つ鳥跡を濁《にご》さずの精神で丁寧《ていねい》に引き継ぎをしたため、気づけば外は真っ暗だ。今夜は雅志と約束がある。何気なく窓の外を見た順子は、我が目を疑った。

ビルの入り口に、あの目立つピンク頭を見つけたからだ。まさか——。

ばんっと入り口のドアを開けたところで、ばったりと出くわす。

「……由利君」

匡平はぼろぼろになった入塾テストを順子に突きつけた。

「これ、他はなんとか自分でやった。残り、英語だけ教えてくれよ。これが全部できたら俺は中卒レベルなんだろ」

一気にまくしたてて、それから、少し小さな声で。

「頼む」

順子は、まばたきもせず彼を見つめた。この子は、自分から。塾の門をたたいて、東大に入れてくれって。順子に、勉強を教えてくれって——。

「ちょっと電話」

「おいっ」

順子は急いで電話をかける。

「もしもし雅志？　ごめん今日キャンセルさせて！」

は？　と返答があったけれど、そのまま電話を切る。長い髪を持ち上げ、ひとつにくくると、順子は匡平に向き直った。

「さあ。英語は受験の要《かなめ》よ。時間がいくらあっても足りないわ。座ってユリユリ」

塾長、本当ですね。私、こんな気持ちで机に向かうの初めてです——。

吐き出した煙が夜空にたちのぼってゆく。

ビルの屋上で、順子はぼんやりと空を仰《あお》いだ。そこへ匡平が静かに顔を出す。

「採点終わった？」

順子はにっと笑って答案用紙を突き出す。

「七時間かかったけど満点。おめでとう。中学卒業よ」

匡平は神妙な顔で答案用紙を見ていたが、そのまま目線をあげて、順子を正面から見据えるようにする。

「俺、今まで親父《おやじ》の言う通りになりたくなくて、東大っつったのも親父黙らせてーくらいの気持ちしかなくて」

うん。そうだったんだね。

「でもあんたの話聞いて。親父親父って、なんも自分で決めてねーなって気づいた。やってみてーんだ。協力してくれよ」

「かっこいいね。この歳《とし》になっても親とも自分とも向き合えてない私とは大違……」

そこで順子はごほごほと盛大に咳《せ》き込む。匡平が呆《あき》れ顔で聞く。

「吸わないいんじゃなかったのかよ」

「いましめよ」

順子はタバコの火を空《あ》き缶の口に押し付けて消した。

「出来るわけないって、そう思ってた。先生失格だよね」

それからすっと手を差し出す。

「やるわよ」

匡平もポケットから手を出す。夜空の下、ふたりはしっかりと手を握り合った。


翌日、順子は塾長に深々と頭を下げるはめになった。

「誠に勝手ながら。不肖《ふしょう》私、春見、心を入れ替えますので。今一度契約満了まで働かせていただけないでしょうか！」

塾長は相変わらずの冷静な顔つきで、淡々と答える。

「やれやれ。まあ私はいいですよ。本社にはまだ辞表も出していませんでしたし」

「塾長！」

「私はね。あなたみたいな甘ったれた社会人は大嫌いですよ」

ご、ごもっとも。

「でも、仕事に好き嫌いを挟まずうまく回してこそ、塾長だと思ってます」

塾長はそんなことを言って、じっと順子を見た。

「さあ。物好きな生徒が待ってますよ」

「は、はい……！」

三十一年間見つからなかった。たとえば昨日の夜感じたような。ワクワクして帰りたくないような。

教室のドアを開ける。学生服を着た匡平が順子を見て舌を出す。順子があげた恋愛成《じょう》就《じゅ》飴《あめ》を舌にのせている。順子はくすりと笑う。

ずっと探してたもの。やっと、見つけた気がしたの。

3

時間がいくらあっても足りない。

あの季節がまたやって来る。

九月、順子《じゅんこ》は塾の指導室で、匡平《きょうへい》と向かい合って座ると、まず大事な話をした。

「ユリユリ。受験まであと一年半。まずは志望を決めましょう」

指導室の壁には「強化テスト週間」、同じ文字をプリントしたはちまきを順子自身も額にしっかりと巻いている。

「東大《とうだい》は文科Ⅰ、Ⅱ、Ⅲ類、理科Ⅰ、Ⅱ、Ⅲ類があって、まあやりたいことにもよるけど……んなもんは東大入ってから考えなさい。ここでおすすめしたいのが、募集人数の多い理Ⅰ、合格最低点がもっとも低い理Ⅱ」

順子は熱弁をふるう。

「ここで変に欲を出さないことよ。大して信念もないくせに、なんか親喜ぶかも、とかで法曹《ほうそう》やMBA目指した人間の末路が、目の前の私だ！」

一気にまくしたてるとあの頃の悲しさがありありと蘇《よみがえ》り、順子は机に突っ伏して涙した。

「で、匡平は呆れ返って順子を見つめる。

「で、結局あんたはどこ受けたんだよ」

「ぶ、文I（文系最難関）」

「じゃあ俺も理系最難関受ける。理Ⅲな」

順子は蒼白になった。

「おい！　話を聞いてなかったのか！」

すると一瞬にして、匡平の背後にわらわらっと少年たちが集まった。

「ええ〜、ずんずん何か、すっげ先生みたい〜」

順子は般若《はんにゃ》の顔で少年たちを睨《にら》みつける。

「おお、先生なんだよ、ずんこ先生だ」

メガネにフードの少年があはっと笑った。ようやく覚えたのだが、彼はエンドーと呼ばれている。

「あ、匡ちゃんに感化されて俺らまで勉強しに来たと思った？　心配しないで俺ら東大目指してねーよ？」

「心配してないよ大丈夫だよ」

「ふふ、でもごめんね。今日は匡ちゃん借りてくよ？」

は？　と順子だけではなく匡平までもがエンドーを見ると。

「合コンだからね」

天下の免罪符《めんざいふ》のように少年は答えた。順子は我が耳を疑い、のけぞった。

「ねえ、見えへん？　この壁一面に書かれた、来週強化テストって」

「えー、でもでも、俺らまでパイセンみたく売れ残りになっちゃう」

カッ、と順子は再び般若の顔になると、匡平の首根っこをむんずとつかんだ。そのまま引きずるようにして塾を出る。

「ちょっとちょっとー、どこ行くのパイセーン！」

エンドーたちが慌てて追いかけて来る。

「離せよ！」

と匡平も嫌がるが、もちろん離すはずもない。

「ユリ坊んちに送ってくんだよ！　東大理Ⅲとか言ってる子に、サボロー達と遊んでる時間なんざないんだよ！」

うえーん、とエンドーが食らいついて来る。

「ガッコーの先生は、勉強より大切なものがあるって言ってたよ！」

「マイヤンのくせにセンコーのいうことなんて聞いてんじゃないよ」

とめちゃくちゃなことを言ってから。くるりと彼らを振り返った。

「あのね。私はこの子のこと信じてんの！　勉強なんてね、誰でもやりゃできんのよ。ただ自分からやる気になる人間が少ないの。この子はそれが出来るのよ」

おお、と少年らが一瞬、感銘《かんめい》を受けたような顔になる。すると匡平が静かに言った。

「わりー、俺からも頼む。別に大学がすべてなんて思ってねえけど、決めた分はやる。頼む。協力してくれ」

するとその時、パッパー、と派手なクラクションの音が響いた。そばに停まった真っ赤なワンボックスカーの運転席から、美和《みわ》がひょい、と顔をのぞかせる。

「どーした、そんな若いのたくさん。五カブリ？」

カブリとはお水用語で、指名五人被《かぶ》ったという意味である。その後なぜか気づいたら、美和の車に少年たち全員と乗り込む羽目になっていた順子であった。しかも当然のように運転を交代させられている。

「びっくりしたー。順が血迷って逆エンコーにでも手ぇ出したかと思ったー」

後部中央座席に踏ん反り返る美和は言う。しかも周りにはべらせた少年たちに余計な話までしてくれる。

「順とは中学から一緒なんだけどー。あの子はそーとーやばいよ。中、高、大とひとりも彼氏いなかった戦後最強の無頼派《ぶらいは》だからね」

「やかあしいわ」

「合コンなんでしょ？　順に任せられるか。勉強はやることやってからにしろ！」

おいおい。匡平以外の全員の瞳がきらきらと輝く。一瞬で指導権を奪われてしまった。

「お前たちっ！　番号聞けるまで店出んじゃねーぞ！」

「はい!!」

だ、だめだーっ！


「こんにちはー、私たち科女《しなじょ》の二年生でーす」

合コン場所はカラオケ店で、そこにはすでに五人の可愛《かわい》い女の子が集まっていた。順子は早々にこの場を去ろうとする。

「あの、すみません……私たちはこれで」

「はいうちらのことは気にしなーい。始める始める――」

キラキラした女子高生たちに明らかに不審の目を向けられているのに、美和は意に介さず、離れた場所に陣取った。まるで合コンの顧問《こもん》のようだ。エンドーたちはかなりテンションが上がっている。

「やーやーみんな夢のようにキャワイーね。俺エンドーよろしくー」

エンドーは次々にメンバーを紹介してゆく。

「こっちの食ってんのがナラ、太ってんのがカブ、スカしてんのが木佐《きさ》、気遠くなってんのが匡平ね」

木佐は普通にイケメンだ。しかしモテないのは、動かないものにしか興味がないかららしい。今も可愛い女の子よりもマイクに興味を抱いたようで、動物として少々心配だ。

女子高生たちの視線は、しかし、匡平が独《ひと》り占《じ》めしている。「ひとりだけめっちゃイケメン」と言うはしゃいだ声が順子の耳にも聞こえてくる。中でも素早く行動に出たのは、見た目からして女子力高めのふわふわヘアが可愛い小柄な少女だった。

「あの。桃《もも》ね、みんなのためにお菓子焼いてきたんだ」

とカゴに綺麗《きれい》に盛られたマドレーヌを差し出す。

「桃ね、他になんの特技もないんだけど、お菓子作りならって。材料に必要なカルピスバターとレモンピールが足りなくて……お兄ちゃんについてきてもらって夜スーパー三軒もまわっちゃって」

「マジで?」

もうさっそくエンドーとカブの目がハートになってしまっている。するとすかさず美和がエンドーの耳に囁《ささや》いた。

「気をつけて。『妖怪見返り地蔵』よ」

なんじゃそりゃ。

「一見けなげを装《よそお》って、私はこんなにも一生懸命やってあげたんですよ、材料にもイイものこだわってるんですよ、ありがたいんだぞ? ってゆうこってりしたマドレーヌだからね、それ」

美和姐《ねえ》さんにかかれば、可憐《かれん》な女子高生も百戦錬磨《ひやくせんれんま》の合コンババアとして斬《き》られてしまう。ほかにも、

「えーでもまさか南校《なんこう》にこんな絡みやすい人たちいるなんて、意外で嬉しい! 美香《みか》ちょっと来ようか迷ってたからさ~」

と、言いだした、中でもとびきり綺麗な女の子に、美和姐さんの鋭い目が光る。

「前行った合コンでね、美香、男の子達に軽いとか噂立てられて?」

「そ、そうなのっ?」

「せっかくいい感じな人いたのに、その人にまで誤解されちゃって」

「マジかよ、サイテーじゃん」

美和は再びエンドーの耳に囁く。

「油断するな。『恐怖のられたされた女』だから」

どんなに可愛くても可憐でも、美和姐さんは容赦《ようしゃ》しない。

「出会って間もない相手に自分のこと全部受け身で語るのは、自分の行動に責任を取らない人間の特徴。付き合ったらとんでもない被害妄想に振り回されるハメになるよ」

エンドーはひえー、とすっかり恐れをなしている。しかし、そこで終わる美和ではなかった。

「でも男と女はいい奴悪い奴関係ないから。相性合えばそれでオッケーだから、とりあえず行っとけーっ！　ほら番号聞くーっ」

「オネシャーッス！」

もはやすっかり部屋の隅で地蔵と化している順子の隣に、匡平が座った。

「何者だよ友達」

「一時は神田《かんだ》のナンバーワンだったらしいわ」

確か源氏名《げんじな》は「愛矢《あや》」だった。美和が放つ愛の矢からは、何者も逃れることはできない。

まさに女豹《めひょう》のような女。

「でも羨《うらや》ましーよ、こんな楽しそうな出会い。私婚活中なんて、この人のこと好きにならなきゃって、強迫観念の塊《かたまり》だったもの」

そうだ。この子達はまだまだ若く、恋愛だって楽しんでいい年齢のはずだ。振り返っても学生時代の恋愛は羨ましい。順子はにこっと匡平に笑った。

「ほれ。止めるには止めたがせっかく来たんだし。ユーリも電話番号聞いといで。志望を理Iか IIに変更するなら彼女作るのも結構！」

しかし匡平は興味もなさそうな顔をして、携帯を出すと言った。

「それよりお前の番号教えてくれよ。家で一人で問題集見ても分かんねーし」

「ああごめんね、ダメなの」

えっ、という意外そうな顔をする匡平に。

「決まりなのよ、塾の規則。心配いらないわ、私人気ない講師だから、塾来たらすぐ教えられるし」

匡平は無言になって、何か腑《ふ》に落ちないような顔をしている。そこへカラオケ店の店員が時間延長を伺《うかが》いに来た。順子はさっと立って会計をすませようとする。

「えー、ずんこ先生おごってくれんのー」

「高校生からお金なんて取れないわよ」

と少しはいいところを見せようとしたのだが、

「あれっ……財布忘れた……」

「はあ？」

　結局美和に払わせてしまうというオチだった。それにしても合コンなんて、見たのも初めてだったなあ、と順子は感慨《かんがい》深かったが、女子高生たちが揃《そろ》って微妙な顔をしていたのは気のせいだろう、うん。


　美和と違って、順子が恋愛するには、きっととんでもなく勇気がいる。本当は「受験とお母さん」で精一杯なフリして逃げていたのかも。だって机に向かって必死で勉強していれば、誰も私を否定したりしないもの。

　美和とふたりでその後飲み直して、かなり酔っ払って帰宅した。

「こんばんはー。夜分遅く失礼いたします」

　能面のような顔で応対した母親に、美和は極上《ごくじょう》の笑みを向ける。

「あら。お久しぶりね。確か同級生の……」

「松岡《まつおか》です。キャバやっててバツイチで、お母様がなんども順に、縁切れって言ってたあの松岡です」

美和は朗《ほが》らかに言ってさっと手土産《てみやげ》を渡し、足元のおぼつかなくなっている順子の肩に手を回して、二階まで引き上げてくれた。

「おーとろろ、久しぶり」

と愛犬に挨拶《あいさつ》も忘れず、順子の服を脱がしにかかる。

「ちゃんと着替えて化粧《けしょう》落としな。うわっ何このだっせーブラ！　誕生日に私があげたTバックちゃんと穿《は》いてる？」

「いや穿けっかよ……」

美和は手際《てぎわ》よくクレンジングジェルで順子の化粧を落としながら、優しく聞いた。

「順。あの由利《ゆり》って子、東大受験させるって言ったんだって？」

「うん。まあ、いろいろあってね」

「ぶっちゃけさ。あー、この子まだ傷癒《い》えてなかったんだなって思った」

そうか。そう思うよね。美和は、見てきたから。

学生時代の順子がどれほど東大まっしぐらに勉強がんばって、それがダメで、どんなどん底を味わったか。

「でもさ、あの子達といる順、あんな楽しそうな顔初めて見た」

「そうかな……」

「そうだよ。でもさ、またスベったらさ、立ち直れんの？」

うう、それは、今は聞かないでもらいたい。匡平が落ちるなんてこと、考えてはいけない。あの子は受かる、きっと。

「婚活はちゃんとしなよ。それとこれとは別だよ」

「……はい」

美和はタバコにカチッと火をつけると、少し遠い目をした。

「……もーすぐ七郷《ななごう》土手の花火だね」

順子の胸が、ちくりと痛む。遠い日の切ないあの花火を思い出す。

高校三年生の夏。クラス担任がいきなり言ったのだ。土手の花火大会クラス全員で行く計画があるようだが、今度の小テストで平均が50を下回った場合、全面禁止にすると。

当然生徒からのブーイングは凄まじかった。しかし受験生なのだからと教師も譲《ゆず》らなかった。そこで順子はクラスの子達に言った。

（大丈夫。ここと ここのページやっといたら60点は取れるはずだから。私絶対１００点取るから、花火大会行けるよ）

同じクラスだった美和が顔を輝かせた。

（えっ、順も行けんの？　予備校休み？）

（私は行かないけど、全然いい。私、受験終わったら好きなだけ遊ぶから）

結果クラスの平均は50点を越えて、みんなは花火大会に行けた。

順子は特別、行きたかったわけじゃない。寂しかったわけでもない。ただあの日、塾に行く途中の歩道橋から見た、打ち上げ花火。

あの花火の光に、あの子たちは似ていたんだ。


南高校はいつも騒がしい。校則なんてないにも等しく、髪の色もバラバラ、制服は自己流に着崩した生徒達が、授業中、休み時間問わず騒いでいる。そんな中で匡平はひとり、参考書を開いていた。

本来、集中していれば周囲がどれほど騒がしかろうが気にならない。友人のエンドーがやけに興奮した様子で叫んでいても。

「ビッグなお知らせだよー、みんなーっ！　なななななんと！　こないだの科女の子たち！　七郷土手の花火大会行きませんかだってーっ！」

ぎゃーっ、とナラとカブが声を揃える。木佐は相変わらず無言だ。

「がっ……俺の人生に女子に花火大会に誘われる日がっ」

「もめねーよーに誰担当か決めよーぜ」

エンドーは得意満面に言った。

「そんなこともあろーかと美和姐さんに事前に聞いといたぞ。自分に合う女ってのを」

順子の友人か。匡平は少しだけそちらに耳を傾ける。エンドー曰《いわ》く、電話の向こうの美和はこんなことを言っていたらしい。

『男ってのはプライド高い生き物だから基本同情なんかされたら腹立つわけよ。ところが唯一、かわいそうって頭撫《な》でられても嫌どころか心地いい女がいるわけよ。それが惚《ほ》れた女よ』

カブが顔を赤くする。

「えー、なんかエロスぅ～」

「それ確かめるために全員に撫でられたいんだけど、俺」

興奮した様子のエンドーを尻目に、匡平はリュックに参考書を詰め込んだ。

「俺、塾だから」

「うそだろっ!?　お嬢女子高生の浴衣《ゆかた》より素晴らしいものなどこの世にはっ」

「興味ねー」

エンドーたちを置き去りにして、匡平は今日もまっすぐ塾へ行く。順子は約束した通りいつだってそこにいる。でも、匡平の心の中で、何かが引っかかっている。

(ああごめんね、ダメなの)

塾の規則だからと、さらりと電話番号を教えるのを拒否されたあの時。何か、あまり愉快ではないもやっとしたものを感じた。その正体がさっぱりわからないまま、それでも匡平は順子と向き合って、課題をやる。順子は今日も張り切って、

「ユリッぺの大事な進路がかかってるからね。決めた分は私もきっちりやります」

などという。また呼び方が違う。なんなんだよ、こいつ。授業が終わっても匡平は帰らず、職員室の入り口から、中にいる順子に声をかけた。

「なに、まだ残んの」

「あたぼーよ。塾業界のサービス残業っぷりナメんじゃねーぞ」

と言いながら壁一面ずらりと並んだ過去問題集を漁《あさ》っている。あれも匡平のためなのだろう。

「あ、入っちゃダメよ。一応テスト週間は生徒立ち入り禁止だから」

「あのさ、一回聞いてみたかったんだけど」

匡平は入り口に立ったまま、脚立《きゃたつ》に乗って資料を探す順子に聞いた。

「親父《おやじ》と塾来たあの日。なんであんなにキレたわけ」

順子は手を止め、少し考えるような間を置く。

「最初に見た肩が、妙に焼きついちゃったのよね」

「肩ぁ？」

わけわかんねー。匡平は眉《まゆ》を寄せる。すると、

「そう。細くて夜道にピンクの髪がやけに目立って。あんな風になりたかったなぁ……って思ったのよ。学生時代憧れたもの全部が詰まって見えたの」

そこで順子は横顔を見せたまま、ふっと笑った。

「だからあの父ちゃんがボロクソ言ってて、うるせーって」

あの時の順子は衝撃的だった。今まであんな大人は見たことがなかった。

「ゆりりんは？　なんで私んとこに来てくれたの」

「さー……」

深く考えれば答えが出るような気がした。なんで？　塾なんていっぱいあるのに。その理由は、電話番号を教えてくれなかったあの時に抱いた感情と近いものがあるような気もした。でも、今、その気持ちを見つめるつもりも、言葉にするつもりも匡平にはない。なんと言ってはぐらかそうか考えていると、

「あれ」

妙に甲高《かんだか》い声で順子が言った。

「今……かがんだ途端、腰、やっちゃったかも」

「……俺。お前が分かんねーよ」

なんだよそのタイミング。脚立の上で前屈みでぷるぷる震える順子を助けるべく、匡平は中に入る。

「はっ、ダメよ。生徒立ち入り禁止なんだっつの」

「塾でカンニングしても意味ねーよ」

匡平が順子を助けおろそうとした時、廊下《ろうか》の向こうから他の講師達の声が聞こえてきた。

やばい！　という順子の声にならない声を察し、匡平は素早く動く。

いったいどうしてそういうことになったのか、気づけば恭平は順子の机の下の奥に、身を隠すはめになっていた。

「あ、春見《はるみ》先生、お疲れ様です」

「……お疲れ様です」

順子は講師仲間には愛想を振りまき、机の下の奥に身を潜めている匡平にはくわっと歯を見せ、小声で責める。

「ちょっと何してくれてんのよ」

「そっちこそ。せめーから椅子《いす》もっと引け」

「こっちはギックリ腰なんだよ」

知るかよ、まったく。匡平がどのタイミングでここから出ようか、考えていると。

「春見先生、聞きました？　由利匡平くんのこと！」

当の本人がこんなところにいるとは知らない講師の一人が、スマホを持ち出して言った。

「見てください！　由利菖次郎《しょうじろう》。あの子のお父さん、官僚ですよ」

匡平の位置からも見えた。順子があんぐり口を開いたのが。講師仲間はさらに。

「塾長に話してみたらどうですか？」

「え？」

「だってこんな人の息子さんですよ。失敗できるわけないじゃないですか。しかも南校ですよね？　うちの塾に責任とれとか言われたらどーします？」

順子はきょとんと目を見開いたのち、平然と答えた。

「そんなもん。責任なんて自分で取るんですよ。自分の結果なんだから。どんなに親や周りのせいにしたって、受験会場でペンを持つのは本人です。彼がやるって言う以上私逃げたくないです」

匡平は、見えない何かで優しく包み込まれたかのような、妙な気分だった。順子といると、度々《たびたび》こんな気持ちに襲われる。自分を持て余す思いがするのに、同時に心地よくて、目眩《めまい》する――。

匡平は、目の前にある順子の膝に頭をぽふ、とのせた。順子は「わっ」と声をあげ、そのまま後ろにのけぞるようにして椅子ごと床に倒れこむ。

「春見先生、何してるんですか」

「……ちょっと……ギックリ腰で」

匡平は机の下にかがみ込んだまま、じっと目の前に倒れている女を見る。自分にとって、こいつは本当にどういう存在なのだろう。口をパクパクしながら彼女は言った。

(な、なにシレッと見てっだオメー)

自分でもわからない。ただ、順子を、いつまでも見ていたいような、そんな気持ちだった。


自他共に認めるデキる男、順子のイトコ雅志は、本社ビルの休憩室でタブレット端末を見ていた。そこへ直属の部下、西大井《にしおおい》が顔を出す。

「仕事か休憩かタバコか、どれかひとつにされた方がいいと思いますよ」

「じゃーこの仕事、お前にパス」

タブレットを西大井に手渡すと、彼は平坦な声で聞いた。

「いいんですか？　金曜の夜に彼女なしが仕事してて」

「バカ言え。俺にはきちんと考えがあるんだ」

「ああ、二十年片想いしてる、例のイトコですか」

言い当てられて、雅志は動揺《どうよう》する。

「おい。なんか不気味な言い方すなっ！」

「実際ホラーなんですよ。オクテさが怖いです」

普段から雅志の言動を冷静に見ている部下は、しれっと言う。

「誘った方がいいですよー。相手もいくら受験、就職失敗人生負け組のアラサーとはいえ、デートくらいしてると思います」

「……言い過ぎだぞ」

しかし、デートだと？　冗談じゃない。今の順子はいつにもまして隙《すき》だらけだ。

雅志は急いでタバコを消した。さっとスマホを取り出して順子に電話をかける。

「あ、もしもし順子？　今日予定あるのか……えっ、それどころじゃない？　ふ、ふーん塾の生徒の資料作りで忙しい……」

まあ仕事なら大丈夫か。雅志が安心しかけたその時。

『ねえ雅志。ちょっと聞きたいことあるんだけど。高校生の男の子が膝に頭置いてガン飛ばしてくるって……なに？』

なんだそのシチュエーションは！　雅志は内心の動揺を押し隠し、努めて落ち着いた声《こわ》音《ね》でいう。

「それはな、順子。思春期《ししゅんき》男子が、なんっとも思ってない人によくやる行動だ。そーだ。俺もまったく女として意識してない先生とかにやったもんだ」

西大井よ、そんな哀れむような目で俺を見るな。いくら電話のこちら側で、俺が泣いていても。

ほんとにあの女、まったく油断ならねー。

テレビに映る男は、確かに匡平の父親だ。考えてみれば、順子はあの男に指を突きつけて、罵声《ばせい》を浴びせたのだ。そして匡平には暴れろと言った。あの時から、匡平の中の何かが変化したような気がしている。

ガードレールに腰掛けて、電気店の店頭に並んだテレビ画面を見ていた匡平は、電話が鳴っていることに気づいてヘッドフォンを外した。

「エンドー。どうした」

『……匡平？』

声がおかしい。いつものエンドーとは違う。どこか怯《おび》えたような……。

『匡平、今日塾だよね。忙しいっつってたよね』

早口で聞いてくるエンドーの声に混ざって、「おい代われ」と太い声がする。しばらくして、

『こんにちはー。由利君？　なんかこないだ俺の妹たちが合コンでお世話になったみたいで。今日皆で遊んでるんだけど、君も来ない？』

匡平はガードレールから飛び降りると、駆け出した。


呼び出された先は電車の高架下の土手で、明らかにガラの悪くてガタイがいい男二人に、エンドーほか三人がつかまっていた。匡平は到着早々胸ぐらをつかまれ、殴《なぐ》られそうになったが、

「もー、この人はいーってぇ」

甘えたような声が止めに入る。男二人の背後には、浴衣《ゆかた》姿の女子高生たちがいた。確かに、先日エンドーが企画した合コンにいた科女の面々だ。

「なんでだよ！」

男は納得がいかない様子だ。

「こいつら桃たちに恥《はじ》かかしたんだろ。変な女二人連れてきてすげー迷惑だったたって！」

それで呼び出しか。どういう歪んだ兄妹愛だよ、と匡平はうんざりする。

「やー、だあってえ、この人には何もされてないしい」

「そうだよねえ、つかイケメンだしねえ」

「じゃーなんで呼び出せっつったんだよ！」

桃という女子高生は頬《ほお》まで染めてじとっと匡平を見つめた。

「番号交換したかったんだもん」

ふざけんな。匡平はいつもの彼らしく端的に言った。

「ピーピーうるせーよバカ女」

 桃という女子高生が青ざめ、それ以上に顔を強張らせたその兄が、

「テメー！」

と叫んで再び匡平の胸ぐらをつかむと、容赦《ようしゃ》ない拳《こぶし》で顔を殴った。鈍い音が響いて、そこに、

「こら――――っ！」

いやまさか。すっかり聞き慣れたこの声は。匡平は殴られ、霞む瞳で正面を見る。

「将来、棒に振りたいのか！」

目の前には、確かに順子がいる。ギックリ腰がまだ治っていないのだろう、傘を杖《つえ》代わりにして、鬼の形相《ぎょうそう》で、乱暴を働いた男たちではなく、匡平を睨《にら》みつけている。

「素行不良気にしない大学なんてないんだよ！　ケンカは受験が終わってからにしなさい！」

これには暴力男も驚いた様子で、

「いや受験終わればいいのかよ」

と突っ込んでる。順子は傘を支えにこちらににじり寄ってきて、そのまま、匡平の上に倒れこんだ。そしてやおら顔をあげると、ぱんっ、と匡平の頰をはった。嘘だろ？　俺、今殴られたばかり……。

しかし匡平がその痛みよりもさらに驚いたのは。

まっすぐで、丸い順子の瞳だ。悲しそうで、心配そうで。そして強い光をたたえたまま、ただ匡平だけを見つめて順子は言った。

「もっと大切にしなさい！」

何か答えるべきかと思ったが、順子はそこで「うっ」と妙な声をあげると、再びどさりと匡平の上に倒れ伏した。

「わー、ずんこせんせーい」

エンドーが情けない声で叫んだのと同時に、七郷土手の花火の一発目が、どーんと夜空に打ち上がった。


「なんであんな場所に現れたんだよ。都合よく」

夜道を歩きながら匡平は順子に聞く。エンドーたちは少し前を歩いている。

「塾の講師のための勉強会に申し込んだ帰りよ。なんせ講師の私が東大落ちてるからね。早く腰治さにゃーと傘を杖代わりにして、必死に帰っている途中、見つけたのよ。ほら、あんたの頭目立つから」

順子は今も傘を杖代わりに、老婆《ろうば》のようによたよたと歩いている。

「……おい。しょってやろーか」

「いい。わからぬかも知れぬが、おぶられる際の振動さえも恐怖なのだよ」

そんなん、わかるはずねーわ。あ、そう、と匡平は再び前を向く。すると順子が言った。

「ねえ、やっぱり志望科類について考えたわ。なんで理Ⅲにこだわるのよ?」

匡平は前を向いたまま答えた。

「お前が文系最難関に落ちたんだろ。俺が理Ⅲに受かったら、お前のコンプレックス全部晴らせんじゃねーの」

順子は驚いた様子だ。

「そんな理由？」

「そんな理由ってなんだよ」

「はは……あーいてて、ヤンキーほど義理堅いって本当ね」

「誰がヤンキーだ」

順子は柔らかく微笑《ほほえ》む。

「ありがとね。でも私ユリユリが合格してくれたら、コンプレックスなんて全部なくなっちゃいそうだわ」

そんなこと言うなよ。俺は、別に。俺はただ、お前があんまり一生懸命だから。誰かのために受験するなってお前は言ったけど、お前が俺を信じてくれるって言ったから、だから、俺は――。

「じゃあやっぱり、理Ⅰか理Ⅱで考えましょ」

朗《ほが》らかな声で順子は言う。そして、

「あとお父様にもきちんとお話ししましょ」

あまりに思いがけないことを言い出すので、匡平は、は？　と足を止めた。

「わざわざ自分で塾にいらっしゃるんだもの。きっと大事に思ってくださってる」

「いらねーよ、そんなん」

「だーかーらー」

順子は手を伸ばして、匡平のピンク頭をわしゃっと撫《な》でた。

「ユリユリがこんなに努力してること伝わらないなんて。かわいそうよ」

その時、唐突《とうとつ》に。エンドーを通じて何気なく耳に入っていた、美和の言葉を思い出した。

（頭撫でられて、唯一心地いい女がいるわけよ――）

（惚《ほ》れた女よ――）

順子の手はすぐに匡平の頭から滑り落ちて、肩に置かれる。この名残惜《なごりお》しさ、なんで

……いや、もうわかってるんだ。本当は、もっと前から、俺。

匡平はまじまじと、隣に立つ順子の横顔を見つめた。

4

その日、まったく思いがけない入塾希望者を前に、順子《じゅんこ》は頭を抱えていた。

「江藤美香《えとうみか》、科女《しなじょ》二年。今日から私もこの塾入りたいでーす」

そう。先日匡平《きょうへい》たちが合コンした科女のメンバーのひとりだ。ふわふわロングヘアでめちゃくちゃ可愛《かわい》い。本来なら入塾希望者は大歓迎だが、どうやら動機がかなり不純な様子。

匡平が嫌そうな顔をして言った。

「……いやおかしーだろ。なんで一回会っただけでナランちゃこの塾知ってんだよ」

話によれば、この美香という女子高校生は、ナラの家にも押しかけてきたらしい。もちろん、目当ては匡平だ。

「ただ、匡平君にまた会いたくて！」

うふっと笑って、美香は無理やり匡平の腕を取る。

「実はさー、こないだの合コンの後、美香どーしても匡平君のこと忘れられなくて。でさー、皆に南高《なんこう》行こーっつったら、は？　って感じで地味にハブられて、裏切られた感あって。そーなったらもう一人で調べるしかないじゃんとか思って、周りの子らのツイッター・インスタ・FB・SNSを最古まで遡《さかのぼ》って……」

そこで美香は言葉を切り、上目遣いに匡平を見上げた。頬まで染めて。

「全部匡君のせいだよ。どーしてくれんの？」

順子は青ざめた。おお、これぞ恐怖の「られたされた女」（by美和《みわ》）だ。美香はにっこりと順子に笑いかける。

「塾入んのは私の自由だよね。授業はいつも匡君と一緒にしてね」

「あのね。うち一応、個別指導塾だから」

順子がやんわりと断ると。

「先生、男いないでしょ」

直球で痛いところをつかれた。

「体中からにじみ出てるよ。女サボってるオーラ。毎日決まったルールに従うだけの仕事してんの問題だよ」

「そ、それとこれと何の関係が」

「お礼に美香も先生の女磨《みが》き手伝うよ。そうじゃないと先生そろそろヒゲはえちゃうよ」

うっそー！　それはやばい、さすがやばい。


まったく。どうしてこんなことになってるんだ？

匡平は少し離れた場所から、順子と美香を見て嘆息《たんそく》した。

美香のペースにまんまと乗せられたらしい順子は、場所を外のカフェに移動し、そこで女磨きのレクチャーを受けている。

「あのね？　オータムカラーってのは差し色にしてなんぼなのね？　全身くすんでたらどこのスナフキンだって話なのね」

順子は青ざめ、自分のワンピースを見下ろす。

「え……でもこれ、一応ピンク」

「美香に言わせりゃそれは赤飯のコメの色だよ」

匡平の席には、ほかにエンドー、ナラ、木佐《きさ》も集まっている。エンドーがほええ、と不思議そうに彼女たちを見て聞いた。

「で、あれどーゆう事態？」

ナラが淀《よど》みなく答える。

「こないだの科女の子が匡ちゃん目当てで塾押しかけてきたものの、ずんこ先生のあまりの女ホル（女性ホルモン）の少なさに、突っ込まずにいられず課外授業、の図」

エンドーはやれやれ、と肩をすくめた。

「まったく。ずんこ先生はこーゆーことになると大人しくなっちゃうんだから」

「そーだよ。言い返せよ」

順子はくわっと歯を剝《む》いた。

「馬鹿野郎！　こっちゃ女としての自信なんて皆無なんだよ。言い返せっかよ」

匡平はずっと黙ってふたりを見ていたが、ふと立ち上がり、順子の腕をつかんだ。

「もういいだろ。んなことまで言われんの、さすがにこいつの仕事じゃねーよ」

それから、

「春見《はるみ》、ちょっと来い」

半ば強引に、カフェの外まで連れ出す。

「お前、ちゃんと寝てる？」

ずっと気になっていた。順子の顔色の悪さが。順子は、ははっと笑う。

「私、東大《とうだい》は東大でも文系の数学しかやって来なかったからね」

つまり、理系の数学を匡平に教えるために、睡眠時間を削《けず》って勉強しているのか。

「講師は生徒の倍理解してなきゃいけない、当然でしょ。はいっ、理系選択科目基礎問、毎日10ページやるのよ」

と、どさっと問題集の山を匡平に持たせた。

「重っ。なんだこれ」

「任せろ、何年ガリ勉やったと思ってる。じゃーね、私これから講師研修会だから」

匡平は順子の腕をつかんで引き止めた。

「おい。送ってやろーか。バイク後ろのっけて」

順子はふるふると首を振る。

「いい。美香に恨まれるとめんどくさい。明日最終コマまでみっちりやるから、しっかりやっとくよーに！」

と、その時、表に大きな車が停まり、そこから絵に描いたようなエリート青年が降りて来た。自動ドアをくぐるなり、彼はおや、という顔をする。

「順子」

匡平は、どきりとした。なんだ、こいつ。一方順子は、のほほんと、

「あら雅志《まさし》」

「よく会うな。お前本当に仕事してんのか」

ええーっ、と素《す》っ頓狂《とんきょう》な声をあげたのは、エンドーたちだ。

「ずんこ先生、知り合い？」

順子はこくこくと頷《うなず》く。

「イトコよ、イトコ」

「いやいやいや、おかしいでしょ。こんな似ても似つかんイケメン、どんな遺伝子の不思議スペシャルだよ」

「……おい気つかえ」

匡平は思い出した。確か前に、順子が電話でディナーを断っていた時、雅志という名前を言っていた。その雅志は、匡平が手にしている東大向け参考書に目を止める。

「あれ、東大？　君、目指してんの？」

「私の生徒なのよ。由利匡平君」

と順子が紹介すると、雅志は余裕の大人の笑みを浮かべた。

「それはいいな。君みたいなピンク頭の奴が入学したら、あの大学ももうちょっと面白くなりそうだ。俺も理系だったんだよ。順の教え子ならいつでも協力するよ」

「いらねー。自分でやる」

匡平は即答した。まったく面白くなかった。それなのに順子は感極まったような顔をしている。

「えらいぞユリ助……先生嬉しい。あ、待って、でももう出ないと」

雅志が車のキーを出す。

「どっか出んのか。乗せてってやるよ。車だから」

「まじ？　ラッキー」

順子は嬉しそうに笑い、イトコと連れ立って店を出てゆく。そのままレクサスの助手席に乗って、あっという間に行ってしまった。

エンドーたちがしみじみと呟《つぶや》く。

「まさかあんなハイスペックイトコがいたとは」

「なー。ずんこ先生、全然身近にいい人おんじゃん」

「確かにあの人の周りなら、他にもエリートザクザクいそー」

俺がバイクで送るって言った時は断ったくせに。匡平は消化しきれない悔《くや》しさを抱え、でも顔には1ミリとも出さず、ずっと黙っていた。

「順。今の子もしかして、南高の制服だったか？」

その頃、車の中では雅志が助手席の順子に聞いていた。

「お気づきになったか」

「南高が東大?」

「やめい」

雅志の言葉を、順子は制する。少女の頃から変わらない、まっすぐな瞳を正面に据えて、横顔を見せたまま、彼女は言った。

「でも不思議なくらい、夢じゃない気がするの。全然怖がってないのよ。確かに進みはかなり遅れてるけど、本人が自覚してて毎日確実に伸びてる。少なくとも現役《げんえき》の頃の私よりずっと落ち着いている」

その横顔に、本当に久しぶりに、生き生きとした輝きのようなものを見て、雅志は言葉を失う。順子はふふっと笑った。

「私ね。今、生まれて初めて勉強が楽しいの」

なにが起きたんだ、こいつに。誰がこいつに、こんな顔をさせているんだ。まさかあのピンク頭か……?

動揺《どうよう》する雅志をよそに、

「あ、着いた。じゃ、ありがとねっ、雅志」

順子はさっと車を降りると、手を振って去ってゆく。雅志はその背中を呆然《ぼうぜん》と見送って、慌てて携帯を取り出した。

「何かな。あのイケメンの少年は」

雅志は高級中華料理店に美和と、もう一人順子の友人、もんちゃんを呼び出した。我ながら心配性だとは思うが、どうしても、あの由利匡平という少年のことが引っかかっていたのだ。

人の奢《おご》りで飲み食いするのが大好きな、雅志の同級生でもある美和は楽しそうに言った。

「ただのイケメン少年ではないぞ、雅志。聞いて驚け。順の話ではなんとその子の親、官僚らしい」

「くわ!?」

わー、ともんちゃんが素直に驚く。

「まじかー、順そんなこと言ってたか」

雅志は平静を装《よそお》うので精一杯だ。

「ふ、ふーん。じゃああの彼はあのルックスで、お育ちも良くてなおかつ東大に入ろうとしているのだね?」

美和は遠慮《えんりょ》なくばんばんと料理を注文してゆく。

「あ、もんちゃんも遠慮しないで大丈夫よ。この人初恋童貞こじらせて仕事だけが生き甲斐《がい》の、もうすぐ仙人になる人だから」

「おい黙れ、元ヤン」

雅志は美和を睨《にら》んだが、こいつにいじられるのはもう慣れっこなので、素直な心配を口にする。

「そうでなくても不安因子はあるんだ。順子はあの通り勉強ばっかしてきただろ。あんなヤンチャなタイプに弱いんじゃないかって……」

美和はビールを一気飲みし、ふうっと大きなため息をつくと、雅志を指差した。

「雅志。あんたほど残念な男はいない」

「……あ？」

「いい歳《とし》してモジモジハラハラ。あんたじゃ不良高校生に男気で負けてる」

「おいふざけんな。どーすればいいんだ！」

「いやまずここはフカヒレっしょ。話はそっからっしょ」

「俺は昔からお前が大嫌いだーっ！」

とか言いつつ雅志は言われた通りにフカヒレを追加注文する。大嫌いだが、順子のこととなると、美和しか頼れる相手がいないのも事実なのだった。

その頃匡平はエンドーたちとゲーセンにいたが、奥のバイク型ゲームの座席で参考書と睨めっこしていた。エンドーたちのひそひそ声が耳に届いてくる。

「なんか今日あいつ機嫌わりーな」

「あのずんこ先生のハイスペイトコが鼻についたんじゃね？」

事実だったので、黙って参考書を見つめる。内容はまったく頭に入って来ない。すると、

「だーれだ」

甘ったるい声と同時に、背後に美香がとすん、と乗って、匡平の腰に手を回した。

「うざい」

「ね、美香気づいちゃった。言っていい？　匡君、春見先生のこと好きなんでしょ」

匡平が黙っていると。

「ちょっと気持ち分かる。同中《おなちゆう》の子に聞いたけど、匡君、父子家庭なんでしょ。私も母子家庭なんだ。そーゆー環境で育つと年上に憧れるってゆーか。私もタメでも大人っぽい子が好きだもん」

匡平はがっと背後の美香の首に腕を回した。低い声ではっきりと言う。

「そんなんじゃねーよ。あいつに余計なこと言うなよ」

それからひとりでゲーセンを出ると、まっすぐに塾へと向かった。授業まではまだ時間があったが、講師向け講座から順子が帰ってきている時間だ。どうしても、今すぐに顔を見たかった。

匡平が塾に着くと、順子は自習室にいた。講師仲間たちがひそひそと話している。

「なんか生徒以上に受験生みたいですねー」

「休憩時間も自習室に閉じこもってて、なんか怖いんだよね」

「春見先生死ぬ気ですね……生徒より先にバテないといいけど」

匡平はまっすぐに自習室に入っていった。

「おら」

と順子の目の前にコンビニの袋を突き出す。中身はおにぎりやサンドウィッチだ。

「はっ、ユリ之進!」

また違う名前か。でもなぜか、最近では、そんな風に呼ばれると胸の奥があったかくなって、同時に痛くもなって……悪い気分ではないのだ。

「メシまだだろ。俺問題やってる間、休めば」

「泣かすことしやがって。義理と人情にかけちゃヤンキーっていうより任侠《にんきょう》だね」

「ヤンキーでも任侠でもねーよ」

と軽口の応酬《おうしゅう》をしていると。パシャ、と音が響いた。振り向くと、自習室の入り口に美香がいて、スマホを手にしている。

「こんな写真でもさあ。テキトーな文つけてSNSに流したら、いくらでも問題になると思うよ。先生やめさせられちゃうかもね？」

順子は当然、ぽかんとしている。匡平だけが、美香の行動の意味を理解した。こいつ。

「テメー、いい加減にしろよ」

「匡君が悪いんだからね！」

美香は叫んで駆け出して行く。順子と匡平もあとを追った。すると、

「ちょっ……あぶなっ……！」

美香が階段の上で足を滑らせた。順子が叫び、美香に飛びつくようにして抱きかかえる。匡平も、考えるより先に行動に出ていた。美香を抱きかかえる順子を、さらに後ろから抱きかかえて、順子の頭を引き寄せ、そのまま、三人同時に階段を転がり落ちた。

「ううう〜いたい〜、ふたりともだいじょうぶ……」

まず順子が上体を起こす。美香も怪我《けが》はしていない様子だ。

「ユリ公？」

返事をしたくても、声が出なかった。激痛が右手に走り、動くこともできない。折れて

んな、これ。でも、大丈夫だって言ってやりたかった。それなのに、痛みをやり過ごすのに精一杯だ。その痛みの最中で、匡平はホッとしていた。順子が無傷だったことに。

そのあと父親が呼び出され、病院へ行って、帰宅させられた。夜遅く、順子が塾長と共に匡平の自宅へ来て、インターホン越しに言った。

「夜分遅く申し訳ありません。山王《さんのう》塾の春見と申します。本日は私の不注意で匡平君に……」

父親の対応はそっけないものだった。

「息子から聞いております。あなたのせいではないと。ですがやはりあなたに息子の講師は務まらないと思います」

何言い出すんだ、クソオヤジ！

「失礼ですがあなたの経歴調べさせていただきました。生徒を合格させるどころかご自身は東大よりランク下の私立大。とても息子を導けるような人材ではないかと」

匡平が父親の暴言を止めようとした、その時。

『承知しました。担当は辞退いたします』

信じられない言葉が、モニターの向こうの順子から発せられた。こんな怪我ひとつのせいで俺を見捨てるのか？　と言葉を失った匡平の耳に。

『でも、あの子のやる気を、ここで決して折らないであげてください』

いつもの、順子の、あの力強い言葉が届く。

『どんなに大金をはたいても、本人の自発性と集中力だけは、お金で買えません。それが今せっかく湧いている時です』

モニターの向こうで、順子は、丸い目を精一杯に見開いていた。いつも通りの、迷いのない、光溢《あふ》れるあの眼差《まなざ》しで。頬《ほお》には大きな絆創膏《ばんそうこう》をはりつけたまま。彼女はじっと一瞬だけこちらを見据えると、深々と頭を下げた。

『受験に失敗したこと今でも悔《くや》しいです。彼には絶対そんな思いをさせないよう、どうぞよろしくお願いします』

それから静かに、塾長と一緒に帰って行った。インターホンを切った父親は、ふん、と鼻を鳴らす。

「今日はずいぶん話がわかったたな、彼女。まさかお前の塾通いが続いていたとは驚きだが」

あんたが知らないことは山ほどある。匡平は父親を見据えて言った。

「バカじゃねーの。やんねーよ。担当変わってまで東大受験なんて」

そうだ。俺は、あいつだったから。俺を今の状態から引っ張り上げてくれるのは、あいつしかいないと思ったから。

「あんなバカみてーな講師だから。クソだりー受験勉強が退屈じゃねーんだよ」

匡平は、宣言するように強くそう言った。


本州に台風が接近してきている影響で、東京にも強い雨が降り出した。順子は塾の窓から外を眺めて、深いため息をつく。

あーあ。これで受け持ちの生徒はゼロになってしまったか。美香ちゃんもユリユリと同じ先生についていくだろうし……と落ち込んでいると。

冷たい指が、額に触れる。顔をあげた順子は心底驚いた。

「お前も傷だらけじゃん。わりー、庇《かば》いきれなかった」

「ユリ子！」

「……おい。さすがにないだろ、あだ名」

「なななんで、お父様は」

匡平は順子の向かい側にどさりと腰を下ろす。

「お前じゃなかったら受験ごとやってられっかって言ったら、なんかもー、サジ投げたって顔して。目の前で親父《おやじ》の秘書に塾の契約書書いてもらっても、なーんも言わなかった」

本当に？　順子が信じられない思いで黙って見ていると。

「まさか受かるなんて思ってないんだろ。だからぜってー見返す。バーカ。何が辞退します、だよ。お前が投げてんじゃねーよ」

熱いものがまぶたの裏にこみあげてくる。泣きそうになりながら、順子は言った。

「右手が使えない時は、左手を使うの。左手を意識的に使うと右脳が鍛えられる。右脳は暗記にもってこいなのよ」

真面目《まじめ》くさって言いながらも、泣きそうで困る。順子はどさりと参考書を積み上げた。

「何これ」

「私の現役《げんえき》の頃からの過去十三年分の東大入試傾向よ。怪我が治るまでの三週間、暗記を徹底的に叩き込むわよ」

「めんどくせ」

そう言いながらも匡平が微笑《ほほえ》む。順子にも最近わかってきた。滅多《めった》に表情が変わらない彼だけど。本当は誰よりも感受性が豊かだ。そして優しくて、勇気もある。

順子は涙を我慢する。泣くもんか、と思う。十八の春、あれほど私を苦しめたものの顔を、もう一度見に行くのだ。この子と一緒に。

それから授業をして、外を確かめると、雨は相変わらず本降りだ。

「あーあ。ユリヤ来るなら車でくりゃよかった。送ってあげられたのに」

「いらねーよ」

「いらなくねーわよ。こんな怪我してる生徒。大丈夫？　着せてあげる」

とギプスをして包帯ぐるぐる巻きの右手を、上着の袖《そで》に通すのを手伝う。すると順子の頭のすぐ上で匡平が呟《つぶや》いた。

「お前こそ。こんな時間で、親心配しねーの」

「されるされる。酔っ払って千鳥足《ちどりあし》になってるとこ、近所の人に見つかるなとかね」

順子が乾いた声で笑うと、バチッ、と不穏な音がして、いっせいに室内が真っ暗になった。

「やばっ、停電!?」

「スマホ……」

匡平が不自由な手で携帯を探そうとしている。順子はそれを止めた。

「あーいいいい。警備員さんいるからすぐ点《つ》くわよ」

それからふと、この暗闇に乗じてとばかり、本当のことを匡平に教えたい気持ちになった。手探りでジャケットのボタンをとめながら、

「心配は、あんまりされないよ」

と呟く。

「うちね。父方がモロ東大家系なの。だから母も私が東大に入るのが当たり前って思ってて。もしかしたら私以上に受験の失敗から立ち直れなくて。今でも傷つけてるのかもね」

暗闇の中――匡平が、順子の頭に、顔を寄せた。それから、低く、優しい声で囁《ささや》く。

「――春見」

順子は、ぱちぱちっと瞬きして匡平から離れた。

「あ？　何？　今私の頭にアゴぶつけた？　へーき？」

ずるっと匡平が脱力した気配。タイミングよく、電気が戻った。

「……帰ろーぜ。徒歩だけど、俺が送ってく」

匡平は呆《あき》れたような眼差《まなざ》しで順子を見て、そんなことを言った。

だめだってば、と何度も言ったのに、結局匡平は本当に順子の家までついてきてしまった。仕方なく、順子は玄関前から車庫に向かおうとする。

「やだなー、未成年だっつのに。車出して家まで送るからここで待っ……な、何してんの!?」

匡平はさっさとインターホンを押してしまっていた。

「おい、ちょー、うちのお母さんマジ怖いんだぞ！」

「いーから」

順子が青ざめ、呆然《ぼうぜん》としていると、すぐに玄関ドアが開いた。しかも両親揃《そろ》って目の前に立っている。母親が不審者を見る目つきで、恭平のピンク頭を見つめた。

「どちら様？」

「夜遅く失礼します。山王塾で春見先生に教えてもらってる由利《ゆり》と申します」

順子の動揺《どうよう》をよそに、匡平は淀《よど》みなく自己紹介をすませる。あっけに取られている両親に、さらに。

「これ。僕の高校のテストの答案です」

匡平はカバンから、何枚かのテスト用紙を取り出した。すべて百点だ。

「高校は正直レベルが低いので大したことじゃないですけど。先生に教わるまでは、さっぱり分かりませんでした。春見先生に教えてもらって、生まれて初めて勉強が楽しいです」

「由利……君」

あっけにとられている順子の横で、匡平がぺこりと頭を下げた。

「がんばりますんで。これからもよろしくお願いします。じゃあ先生、また明日」

匡平は最後まで礼儀《れいぎ》正しい態度のまま、ひとりで帰っていった。両親はしばらく無言だったが、やがて苦々しい口調で母親が言う。

「あなたの塾。あんな不良の子まで入れてるの。さすが三流塾ね。経営が危ないんじゃないかしら」

あれ？　いつもの嫌味とは、何かが少し違う。ぷいっと顔を背けて母親が先に家に入り、そのあとで、父が穏やかに微笑んで言った。

「確かに見た目は不良だったけど。お前、あんなこと言ってくれる生徒がいるんだな。お母さんもちょっと喜んでるように見えたぞ」

順子は赤くなる。やっぱり？　私の目にも、そう見えた。お母さんが、あの受験に失敗した日以来、初めて、少しは喜んでいるように――。


雨上がりの夜道を歩いて帰っていると、いつもの場所にいつものメンバーがたむろしていた。

「あー、きょーちゃーん」

エンドーが嬉しそうに手を振っている。その横には美香までいて、匡平を見つけて駆け寄ってきた。

「匡君、ケガ大丈夫!?」

「え？　匡ちゃん、ケガしてんの？」

「おー骨折。乗せろ」

匡平はカブのバイクの後ろにまたがった。そのまま数台で夜道を走り出す。いつもの光景が目の前に広がるけれど、いつもとは違う。匡平は、ナラに乗せてもらっている美香を振り返った。

「あー、江藤。おまえの言ってたこと、やっぱ当たってたわ」

目を見張った美香に、はっきりと言う。

「俺あいつのこと好きだわ」

「え？　なんて？」

エンドーやカブもえ？　という顔をする。

「おーちょうど聞こえんかった。今なんつった？」

バイクの轟音《ごうおん》のせいだ。でも、友人たちに聞こえても聞こえなくても、匡平の気持ちは変わらない。ちゃんと自覚したし、もう間違えない。

これは匡平にとって、確かに恋なのだから。

5

「あのピンク頭の子見てると、思い出すことがあるわけ」

戦国居酒屋でもんちゃんとサシで飲みながら、美和《みわ》は過去に思いを馳《は》せる。

「なぁに？」

「あれは確か高二の冬。順はもー、学校が期待する、ばりばりの優等生でさ」

壁に貼り出されたクラスのテスト結果を見た順子《じゅんこ》が、あることに気づいた。クラスの人数が一人少なかったのだ。その理由を尋ねると、担任はしれっと答えたらしい。山下《やました》だけ抜いていると。

「山下ってのがほんとどーしよーもない不良でさ。問題ばっか起こして、ガッコーも扱い困ってたんだよね」

山下は暴力沙汰《ざた》もしょっちゅうで、教師陣の中にはただの一人も、山下の補習授業を引き受けようという者はいなかった。加えて、担任は言った。ここだけの話、クラス決めの時は山下の押し付け合いで、俺はじゃんけんで負けたから担任になっちまったんだよ、と。

順子は担任に、驚きの申し出をした。山下の補習を、自分にやらせてもらえないか、と。

「もちろん山下は来なかったけど、順は来る日も来る日も教室で待ち続けてさ」

見かねた雅志《まさし》が迎えに行っても、山下の補習を引き受けたから、と教室から出ようとはしなかった。しかしある日とうとう、なんの気まぐれか、山下が顔を出して、順子に聞いた。

『学年トップ女。これでナイシン点でも上がるわけ?』

順子は静かに、でもはっきりと答えた。

『いや全然。ただあの先生に死ぬほどムカついて』

その時、山下は何をどう感じたのか。とにかくそれ以来、毎日順子の補習を受けるようになった。

「次の日の中間さ、奇跡が起きたんだよね。万年赤点の山下がオール70点台。もちろんそれ一回きりだったけど、ちょっとした伝説になってさ」

美和はタバコに火をつけ、ふーっと天井に向かって煙を吐き出しながら、過去を思う。

「あいつらデキてたのかなー……って。何度も聞いたけど毎回はぐらかされてさ。順の生涯《しょうがい》で、唯一の浮いた話なんだよね」

もんちゃんはうふふ、と笑う。

「ヤンキー×秀才は戦国時代からのベタだもんね」

「安田《やすだ》（物語冒頭で消えたずんこの元カレ）以降、とんと婚活しとらん気がするけど、あいつ大丈夫かね」


友の心配をよそに、順子は全力で恋愛から目を背けていた。

「――で、yをxに代入して」

「ブブーッ！　はい不正解、鼻ちょうちんメガネー」

「や、やめろ」

毎日、匡平と向かい合って難しい数式やらを解かせる日々である。忙しいといえば忙しいけれど、恋愛から遠ざかっているのは、ただただ腰が重いというのが真の理由だ。

しかし授業のあとボードにスケジュールを書き込んでいた順子は愕然《がくぜん》とした。

やべー。形ばかりの彼氏とはいえ、安田さんと別れてからもう五ヶ月。うかうかしてたら、すぐ三十二になる！

それでも婚活イベントにまた行かなければならないかと思うと面倒臭《めんどうくさ》い。あのベルトコンベアーみたいな方式で、次から次に愛想をふりまかなければならないかと思うと。順子はボードから目をそらし、ふう、とため息をついた。

「あ、ユリ代、手の湿布《しっぷ》替えよ」

「だーもー治ったって」

確かにかなりよくなってはいる。驚異の回復力。さすが若さだ。それでも完治までは気が抜けない。順子は匡平の手の湿布を替えながら言った。

「明日は休講だからね。いつもの問題集も二日分やっといてね。何か質問ある？」

「おまえ彼氏いんの？」

「なっ、なっ、なんで……！」

順子はずっこけて机の角に額をぶつけるところだった。

「こないだのイトコは？　付き合ったこととか一度もねーの」

「まっ、雅志はそんなんじゃないよっ」

「付き合ってなくても会ってる奴とか、一人も？」

「いねーってばよ！　倒すぞ！」

なんじゃこいつ。あまりにタイムリーな質問の連続に順子が恐怖すらおぼえていると。

「じゃあさ、外で会ってくんない？」

「あ……？」

「明日の放課後はなんかあんの？」

「断る！　どーせ休みも勉強見ろとかゆうんでしょ。勉強ってのは一人で考える時間もとっても大事なの!!」

匡平が微妙な表情で順子を見る。ナニその呆《あき》れたような、だめだこいつみたいな顔は。

「ほれ。健気《けなげ》な彼女が待ってんぞ」

順子はドアの外を指差した。ガラスの部分に美香がへばりついている。

「ちょっと～授業は匡君と一緒にしてって言ったのに。授業中二人で個室にこもるとか何なの、や～らし～～い！」

いやだからここは個別指導塾なんだってば。それに、

「君がいたら授業中すっげ邪魔だから」

「こいつ彼女でもなければ健気でもねーよ！」

匡平が不自然なまでに力いっぱい否定する。美香はぐいっと匡平の首に腕を回した。

「匡君、一緒に帰ろうっ！」

離せと暴れる匡平は美香の謎の怪力に敵《かな》わず、引きずられるようにして教室を出てゆく。

順子は順子で自分が不安になった。

高校生に心配されるぐらい、脳内ダダ漏《も》れなんだろうか？

そこへ講師仲間が順子を呼びにきた。

「春見《はるみ》せんせー、ミーティングあるんで来てくださーい」

そういえばそうだった。今日は出張講習の担当を決める日だった。出張講習とは付近の高校で行う模擬《もぎ》授業のことだ。つまり山王塾の生徒を増やすための営業活動でもある。順子は初めてだったが、講師仲間たちはみんな嫌そうな顔をしている。

「嫌なんですよねー。全然聞いてない生徒とかザラですし」

「うわ南高まである、行きたくねーっ！」

「あそこの奴らが授業聞くわけねー。こんなんじゃんけんかアミダでしか誰も引き受けねーよ」

そこで順子ははい、と手をあげた。

「私行きたいです」

講師仲間たちは目を剝《む》く。

「え、正気……ですか？」

「南高ですよ!?　都内の不良の巣窟《そうくつ》ですよ？」

「由利君の学校ですし。かわいいもんですよ」

順子は笑った。

「元進学校のガリ勉から言わせてもらうとですね。バリバリ勉強してる子ほど、自分の勉強以外聞いーちゃいないんですよ。それに比べりゃあ勉強慣れしてない子があくせく頑張る姿なんて、かぁーいーのなんのって」

「素晴らしい心構えですね」

塾長が登場し、淡々と言う。

「今回の講習は生徒数15％アップを目標にしております。春見先生。このまま受け持ちの生徒が二人のままでは、ボーナス削減もあり得ますからね」

「バカな……！」

順子は青ざめた。いや、冷静に考えれば確かに受験塾で受け持ち二人はまずい。

「由利君とはうまくいっているようですし、案外南高の生徒とは合うかもしれないですよ。生徒プラスボーナス獲得に向けてがんばってください」

ボーナス！　それは社会人の生きる活力。想像以上にミッションが大きくなってしまったのであった。

翌日。順子はさっそく打ち合わせのために、南高校を訪れた。バイクで登校して来た目立つピンク頭を見つけてホッとする。

「春見!?」

「おはよう由利の人……」

当然のようにかなり驚いている匡平に事情を説明すると、匡平は言った。

「南高で生徒募集講義なんて、バカじゃねーの。もっと手堅い学校に変えてもらえよ」

「何よあんたまでうるさいなー。ユリ蔵がいるなら楽しそーだなって思ったんだよ」

匡平は不意打ちを食らったような顔をして呟《つぶや》いた。

「……おまえなんなの?」

「は?」

「でも真面目《まじめ》な話、うちで講習なんてやったって多分授業になんかなんねーよ。聞ける奴なんていねーもん」

その言葉は、校内に一歩を足を踏み入れた瞬間に納得した。廊下《ろうか》はゴミで溢《あふ》れ、そこかしこに数人ずつ、見るからに悪そうな連中がたむろしている。

これは……順子が考える学校という場所とは少し、いや、かなり違うような。

「授業中教室にいる奴自体が少ねーもん」

順子はのけぞったもののすぐに上体を起こし、匡平の胸元をつかんだ。

「ユリちゃん……もー友達でも親戚《しんせき》でも誰でもいいから教室に集めたってぇ!」

ボーナスが！　社会人の生きる糧《かて》が、活力が！

「あれー！　ずんこ先生！」

聞き慣れた声にそちらを見た順子は、天使たちがいるのかと思った。

「エンドー！　ナラ！　カブ！　木佐《きさ》！」

お互いに満面の笑顔で駆け寄り、順子は彼らの頭をぐりぐりとする。

「お前らここで見るとすげー可愛《かわい》い！」

「なんでうちの学校にいるの？」

そうだった。衝撃のあまり本来の目的を忘れるところだった。

「私一応仕事の打ち合わせできたの。だれか山下先生って知らない？」

その時。

「こらお前ら！」

少し離れた場所で、教師らしき男の声が響いた。

「これやったのお前らだろ」

教師は床に砕《くだ》け散っている蛍光灯らしきものを指差している。目の前に座り込んだ数人の男子生徒はふてぶてしい顔つきで教師を睨《にら》みあげている。

「知らねーよ」

「説得力がないんだよ。お前らの言うことなんて信じるか。でかい顔してられんのも今のうちなんだぞ。お前らみたいなのが社会に出たら――」

順子は信じられない思いで、彼らに近づいて行った。説教の途中で、相手もこちらに気づき、驚きに目を見張る。

「山下君……！」

時が一気に遡《さかのぼ》る。同じ高校、同じクラス。教師もさじを投げた問題児の山下が、今、目の前にいる。

「まさかこんなところで春見に会うなんてな」

自販機でコーヒーをふたつ買った山下は、ひとつを順子に手渡すと、感慨《かんがい》深そうに言った。

「私もびっくりしたよ。山下君が先生になってたなんて」

山下ってよくある苗字《みようじ》だから、まったく結びつかなかった。

「俺もびっくりだよ。春見がまさか塾講師になってたなんてな」

順子は乾いた声で笑う。

「うん、まー……いろいろ、紆余《うよ》曲折《きよくせつ》あってね」

山下はじっと順子を見つめると、柔らかく微笑《ほほえ》む。

「元気そうだな」

「――山下君は……あんまり、元気じゃなさそうだね？」

そうだ。大人になったからだけではないだろう。かつての彼は、触れれば怪我《けが》をしそうなほど研《と》ぎ澄まされた攻撃性と、自分の中の情熱を持て余しているような気配が、強い眼《まな》差《ざ》しに見て取れた。

山下はふっと笑う。

「一年くらい前さ。生徒同士の喧嘩《けんか》止めに入ったんだけど一歩遅くてな。入院沙汰《ざた》になってさ。担任は何やってんだって話になって」

「うん」

「したらさ。やっぱ昔の評判とかどっかからか噂《うわさ》広がんだよ。気づいたらさ、自分が嫌いだった教師のセリフ、まんま吐くようになっててさ」

確かに先ほど、生徒達に向かって放っていた言葉の数々は、かつて山下が反抗した教師達と同じ種類のものだ。

「春見、覚えてるか？　おまえに勉強教えてもらったの。あーゆーの、なりたかったんだけどな」

胸が痛い。痛くて、少し苦しくて、懐かしくて。順子は黙って山下の話を聞いていた。

会いたくもない女に、どうしてこうも毎回つかまってしまうのか。愛車を運転する雅志はイライラと、後部座席に座る美和をルームミラー越しに見た。

「おおマジで？　つい最近あいつの話してたとこだったんだよ」

電話の相手が順子であることはわかっている。雅志は運転をしながら、会話の内容が気になって仕方がない。

「ああ、今？　駅前でタクシー拾おうとしてたら雅志がいたから送らせてるとこ。こいつまじちょっせー」

「おい！」

「また電話するわ。バイバイじゃーね」

電話を切った美和はふう、とタバコの煙を吐き出す。

「山下か……ったくあいつに合う男って誰だ？」

「おい、だからなんの話だったんだよ！」

「ねー雅志。順のどこが好きなの？」

雅志は思わず急ブレーキを踏んだ。

「な、なんでおめーにそんなこと言わなきゃいけないいんだっ」

「いーじゃん、言ってみろよ」

「どこって……どう見ても、びっ、美人だろ」

真っ赤になって答えながら、慌てて補足する。

「別に見た目だけじゃないぞ。一生懸命なとことかだな」

「は？　それでいいし」

美和は後部座席から身を乗り出して、間近に雅志を見ながら真顔で言う。

「二十年以上の付き合いで、なお綺麗《きれい》、可愛い、好き。これが言える男は年収三千万に値する」

「そ、そうなの？」

雅志は少し気持ちを落ち着けて、冷静に、正直に思うところを言った。

「最近さ、なんか違うだろ。生徒のために自分も勉強会行き出したりして。ここへ来てなんか夢中で打ち込んでる感じがさ。なんでもできたあの頃より、失敗して、また頑張ろうとしてる今のあいつの方が、余計諦めたくないんだよ」

美和はきょとんと目を見張った。

「……雅志。おまえ、いいじゃん」

「は？」

「今まで見くびり続けて悪かった。あんた、ちゃんと順子のこと見てんじゃん。よしわかった、あたしに任せな」

「え……ええ？」

美和は雅志の肩に腕を回し、前方を指差すと、宣言するように言った。

「順子を落とすぞ！」


きっと久しぶりに会ったせいだ。あの頃の胸の痛みが蘇《よみがえ》ってくる――。

「おい。こんな時間にひとりでぼーっとしてたら危ねーぞ」

順子がカフェのカウンターでひとりでコーヒーを飲んでいると、匡平《きようへい》が現れた。

「ユリ郎！　なにやってんのそっちこそ」

「休講日だから自習しに来た……って、本当はさ、今日山下に会ってから元気なかった気がして」

順子はそうか、と頷《うなず》いた。確かに軽く落ち込んでいる。

「ねえユリぼう。誰かを好きになったことある？」

匡平がごふっと飲んでいたコーヒーにむせる。順子は眉《まゆ》をひそめ、彼に紙ナプキンを渡した。

「そんなデリケートな質問だったんなら、謝るよ」

「……や、別に」

「山下君てね。昔唯一、私に告白してくれた人なの」

匡平は瞬きもせず、じっと順子を見つめてくる。驚いてる。そりゃそうか。恋愛に縁遠い順子の、本当に唯一の経験。

「高校卒業してすぐ、ノリって感じだったけど。とにかく告白してくれて。でも当時は私、大学落ちたばっかりでさ。自分に自信がなくて、好きだったかどうかもわからなくて、笑ってごまかして逃げちゃった」

でもそのあと大人になっても、悲しいことがあった日、何回か思い出した。あの日の山下が、真っ赤になって、気持ちを伝えてくれたこと。

「自分がどうしても好きになれない日。誰かが一度でも見てくれたって、何度もなぐさめられた」

そこで順子は再び、今日再会した山下の、大人びた横顔を思い出す。

「だからかなあ。今日の山下君がなんか切なくて……」

「ふーん」

匡平はなぜかふてくされたような顔をして、それから、まっすぐに順子を見て言った。

「いるよ、好きなやつ。俺もそいつに、そーやってなんども考えられたい」

ひょっ、と順子は妙な声を喉《のど》から漏《も》らす。

「お、おまえまでっ。もうそんな人がいたなんてっ」

「だから、つまりさ。恋愛に限った話じゃなくて、肯定されるってことだろ」

肯定。ああ、そういうことかも。

「お前が最初に俺にしてくれたんじゃん」

向かいに座る匡平は、ひたと順子を見つめて言った。

「皆それがありゃがんばれんだろ」

そうだ。順子は最初に匡平に言った。言うことなんか聞かなくていいわよ、好きなだけ暴れなさい、と——。


男だらけの教室は無法地帯そのものだ。机はガタガタ、床にはゴミや教科書までが散らばり、生徒達の目は死んでるか、妙にギラギラしているか。

順子は丁寧《ていねい》に彼らに頭を下げた。

「南高校の皆さん、初めまして。山王塾の春見と申します。今日は数学を——って、誰も聞いてませんね」

「センセー、ケッコンしてんの？」

「おっぱい何カップ？」

後ろで監督している山下がヤジを飛ばす生徒をいちいち小突いて回る。

「お前達締め出すぞっ」

廊下《ろうか》側の窓にはエンドーや木佐の姿もある。匡平、ナラ、カブの姿ももちろんある。違うクラスの子もいるだろうに、どうやら心配してくれて集まっている。

生徒のひとりが大きな声で言った。

「数学なんて社会でなんの役に立つんだよ。意味ねーし」

順子は教卓でふう、とため息をつき、答える。

「私もそう思うよ」

すると一瞬だけ、教室が静まり返った。

「こんな問題解けても、就活の時も婚活の時もなんの役にも立たなかったよ。だからさ、本音を言うと、若い君たちに無理に勉強しろとも思わない。努力なんかしなくても自分がいいならそれでいいんじゃない」

山下も絶句した様子で順子を見ている。順子はでも、と続けた。

「大人になった時、なにもないってのは、君たちが思っている以上に寂しいよ。私なんか大して取り柄もなくて自分で自分にどんどん嫌われちゃって。誰にも期待されないうちはそれでも良かったの。でもこんな自分を頼ってくれた生徒がいて」

匡平に、もっとうまく教えられたらいいのに。順子は自分についた諦めグセと必死に戦わねばならない。

「君たちに」

静かになった教室に順子の声が響き渡る。

「将来好きな人ができて。その人を守るには、子供ができた時お金を残してあげるには――大事な人ができたら、難しいことといっぱい考えなきゃいけない時がくるから」

順子は考える。どうしたら、匡平の望みを叶えてやることができるのか。

「勉強は、そういうの考えたり我慢したりするトレーニングだと思って」

ぱちぱちぱち、と真っ先に手を叩いたのは、廊下の窓からのぞきこんでいるエンドーだ。

「ずんこ先生、すごい！　なんか知らんけどすごいよ」

それをきっかけに、再び教室がざわめいて、やんややんやと方々から声があがる。

「せんせー、俺大事な彼女欲しくてたまらんのに、みじんもできなんだけど、どーすりゃいい？」

「俺も俺も。どーしたら彼女できますか？」

「ごめんしらん」

これにて順子の出張講習は無事に？　終了した。いや、報告書どうしようかね。ほんと。

「ありがとうな、春見」

帰る間際、山下が言った。

「いやあれ授業って言わないけどね」

「でもうちで生徒が話聞いてるとこ初めて見たよ」

そうなのか。確かにここの生徒は半端《はんぱ》ない。順子も勉強になった。

「……おまえ、独身だったんだな」

山下に妙にしみじみと言われ、順子は苦笑する。

「うんやばいよ。この歳《とし》で仕事に目覚めちゃって。はい名刺、生徒募集してるからよろしくね」

山下は受け取った名刺をじっと見つめて呟《つぶや》いた。

「春見。ここに電話したらまた会える？」

順子は軽く目を見張ったのち、朗《ほが》らかに笑う。

「うんもちろん。先生同士がんばろうね」

こういう再会も、恋愛につながったりするのだろうか。あの頃の胸の痛みが蘇《よみがえ》るけれど、順子はあの頃とはもう違う。たとえば、新しく誰かに出会って好きになったりして、受験から少しでも気持ちが離れたら。

匡平ががっかりするような気がする。それは寂しいって、今、思うんだ。

何かと言えばつるんで飲んでいるらしい姉さんたちのメンバーに、匡平たちも今日は混ぜてもらった。

「さあ、ファビュラスな美和さん特製もんじゃだよ。食えー、プレシャスなおまえら」

順子に美和ともんちゃん、匡平たち五人。もちろん未成人は飲ませてはもらえない。美和はそのあたりがちゃんとしている。しかし順子はすでにビールをジョッキで空《あ》けていた。

「しっかし山下まだ独身だったたーね。順のこと引きずってんじゃねーの」

「まさかあ。十年以上前だよ」

順子はテーブルに顎《あご》をのせる。匡平の目から見ても、すでに酔っ払っている様子だ。

「私ねー、よく考えたら、恋っちゅーもんをまだしとらんよーに思うろ。だからこれからいー人見つけたらら、初恋なわけ」

もんちゃんが心配顔だ。

「順ちゃん、いつの間にそんなに飲んだの？」

確か、さっき、マッコリという酒を甕《かめ》ごと飲んでいたような……。

「まーいーだろ、明日休みだし」

美和に許可され、やったあとばかり、順子は赤ワインをデキャンタで追加注文する。しかしデキャンタごと飲もうとして、ざばあ、と洋服の前面にぶちまけた。これには匡平もびっくりした。

「洗ってくりゅ……」

順子がこれほど飲むなんて意外だ。しかもそんなに強くもなさそうだ。匡平は心配になって、トイレに行った順子を追いかけた。

「春見、大丈夫――」

ドアを開けた匡平はぎょっとして、思わず一歩後ろに下がる。順子は鏡の前で、なんと着ていたトップスを脱ぎ、下着姿になっていた。

「おまっ、おまえっ、マジ何考えてんのっ？」

「あ、美和。これビスチェだよ。下着じゃらいよ」

「み、美和じゃねーし！　名前の問題じゃねーし！」

ようはそんな下着姿同然の露出した格好で、こんなところで、ひとりで。こいつ本当に危ないやつだ！　しかも順子は「美和ー」と言いながら匡平に抱きついてきた。

「お、おい……」

「美和。すごい胸ちぢんだねえ。もとがありすぎだったんらよね……」

いやいやいやいや。

「さっきさー、引かれちゃうかなーって、本人の前では言えなかったんだけど」

下着姿で、匡平に抱きつきながら、順子は言った。

「私今、隙間《すきま》がないんだなー……って思った。恋愛なんてできないくらい、絶対に由利君を合格させたい」

ここで自分の名前が出て来るとは思わなかったので、匡平は黙り込んだ。順子はさらに、言った。

「私ね、今、あの子に夢中なの」

なんの拷問《ごうもん》だよ、これは。匡平は腕の中で目を閉じる順子をしっかりと抱き寄せ、ぽつりと呟いた。

「せんせー。そーゆーこと、酔ってない時に言ってもらえますか」

途中からずっと机に突っ伏すようにして寝てしまった順子は、目覚めると激しい頭痛に襲われていた。

「ううう～頭いたい～デキャンタのやつ～」

デキャンタをひっくり返したところまでは覚えているが、その先は綺麗《きれい》さっぱり記憶が抜け落ちている。確かトイレに行って、美和に抱きついて……ああ、美和がテーブルまで連れ戻してくれたのかも。向かいの席から匡平が何か言いたげな顔で見ているが、気のせいだろう。

エンドーたちが心配している。

「ずんこ先生、ったくもー、帰れるの？　そんな酔っ払って」

「ああ、順の送りは大丈夫」

美和がしれっと言った。

「おっきな車呼んどいたから」

ん？　その時、店の前に、確かに見覚えのあるレクサスが静かに停まった。そこから降りてきたのは雅志だが、真っ赤なバラの花束なんぞを持っている。

そして雅志は言った。

「順子。話があるんだ」

「……あ？」

6

　真剣な顔で話があるとは言ったものの、雅志《まさし》は場の雰囲気《ふんいき》に気圧《けお》された様子だ。ここは居酒屋、エンドーたちのワイワイ感半端ない。しかも順子《じゅんこ》は泥酔《でいすい》状態で雅志がなぜバラなんぞを抱えて現れたのか理解できない。

「――順子。あー、実はな。今度うちの会社の支社が新設されるんだが、俺が責任者としてプロジェクトを立ち上げることになった」

　と、いつになく仕事面での成功をアピールしてくる。

「それで再来週、一週間ほど軽井沢《かるいざわ》に出張に行くんだが。順。休暇がてらお前もこないか。一度ちゃんとお前と話がしたい」

　はあ？　と順子は酔っ払った状態ながらも、はっきりと答えた。

「何言ってんの。この子から一週間も離れられるわけないでしょ！」

　と、ユリ坊のピンク頭をがしっとつかむ。雅志がショックを受けた様子で絶句する。なんなの、いったい。

「だいたい、その頃って確かうちの塾も秋合宿だよ。志賀高原《しがこうげん》」

つまり軽井沢のすぐ近くだ。ほ？　とエンドーたちが声をあげた。

「俺らも確か再来週あたり修旅とかセンコーが言ってたような……」

「そーそー、しかも、場所は軽井沢」

順子は頭を抱えた。何この漫画のような展開！

「塾合宿と修旅と雅志のトリプルコンボ！　ただでさえ受験まで時間ないのに、全然集中できる気しないよ」

順子はそもそも旅行が好きではない。自分ちのベランダにいる時間が一番幸せなのだ。

「あ～ハゲそう！　家で犬とビール飲んでたい！」

うんうん、ともんちゃんが同意する。

「今女性もハゲ問題他人事《ひとごと》じゃないからね」

結局、雅志が何の用でバラなんぞ持って居酒屋にやって来たのか、順子にはさっぱりわからないままだった。ただ、帰りしなに美和《みわ》に言われた。

「順。合宿中でも雅志に会う時間作ってやんなよね」

順子はなぜに？　と思ったが、にっこり笑って答えた。

「由利《ゆり》君が英文法出来たらね」

翌日の授業で、匡平《きょうへい》はなぜか静かだった。同時授業の美香《みか》がうるさく騒いでいても、黙々と英文法の仮定法過去完了をこなしていた。しかしどうにも集中力が欠けている様子だ。ミスも多い。順子はいったん休憩とし、ふたりに合宿の参加申込用紙を渡した。

「はいこれ。ご両親がOKなら判もらってきてね」

「合宿とか超絶めんどくさーい。美香、匡君と二人で行きたーい」

「私だってできるならユリの下と二人で行きたいよ」

思わず本音を言うと、匡平がずっこけて机に額をぶつける。最近こういうことが多いな、この子。大丈夫か。

案《あん》の定《じょう》、美香がぎゃーぎゃーと噛《か》み付いてくる。

「何それえ！　問題発言ー！」

「手ぇかからないし、集中するし。三泊四日みっちりマンツーマンやったら伸びるだろうよ」

「それってそれって二人同じ部屋に泊まるってことー!?　やーらしー！」

「冗談よ。捕まるわ。十七歳だよ」

　すると匡平が、真顔で順子をじっと見つめた。ん？　と見つめ返すと、ふい、と視線を外し、席を立つ。

「ユリ公？」

「……自習する」

「え？　だっておめー、仮定法はよ!?」

　匡平は答えず、そのまま自習室へと行ってしまった。わけがわからない。順子がぽかんとしていると、美香がものすごい形相《ぎょうそう》で睨《にら》んでくる。

「何よ」

「先生って、ほんと人の気持ち汲《く》めないよね」

「……え？　チミが言う？」

　しかし、本当に何が起きたのかわからない。

　ユリあん？　いったい、どうしたの？

　匡平が授業の途中で帰ってしまうのは、初めてだ。

　順子は帰りにドラッグストアで買い物をしながら、今日の匡平の様子について考えていた。そこでふと思う。今あの子が受験投げたら、ダメージを受けるのは自分の方かもしれないと。いや、それ以前に、講師失格……。

「そこの人、ジャマー！」

怒鳴り声が響いて顔を上げた時にはもう遅かった。派手な格好をした高校生二人組が走ってきて、今まさにしゃがんで商品を手に取ろうとしている順子に体当たりを食らわせた。

「ごめん、わりー！」

と叫びつつ、走り去ってゆく。順子は無様に床に転がった。腰がまずい予感が強くして、起き上がれずにいると。

「こらっ！　お前ら待てっ！」

聞き覚えのある声とともに、見覚えのある男が登場した。

「山下君《やましたくん》……」

「は、春見《はるみ》!?」

床に転がったままの順子を、山下は二度見して驚愕《きょうがく》の表情を浮かべる。

「悪い！　今のうちの生徒なんだ」

と、慌てて順子を助け起こしてくれた。なるほど、南高《なんこう》の生徒か。その生徒ふたりは逃げ去る途中で足を止め、驚いたようにこちらを見ている。

「ちょー待ち。あの人こないだうちに来た塾のボヤッキー先生じゃね？」

「就活婚活負け組の！　うけるー、学校と塾の先生力合わせて補導《ほどう》がんばってー」

　順子と山下はそろってくわっと生徒を睨みつけて叫んだ。

「やかましーわー！　先公だって時間外に生徒に会いたくなんかないんだよ！　仕事増えんだよ、夜遊びなら上手《うま》くやらんかバカーッ！」

「お前ら海岸の方は行くな！　そっちは科川《しながわ》チームの奴らのもんだろ！　よそのシマ荒らすな！」


　その後は流れで二人で飲むことになった。バーのカウンターに並んで、

「山下君。端々にやんちゃな名残《なごり》が出てるね」

「まあ俺も時々、自分で自分に先公かよって思ってるけどな」

　ふふ、と順子は笑った。

「でもさ。先生ってさ、案外学生時代に楽しくなかった人の方が向いてるのかもね。あの頃、言って欲しかった言葉も言わないで欲しかった言葉も、覚えてるもん。先生って、楽しいね」

　不思議だなあ、と順子はしみじみと思う。山下と飲んでいるなんて。もしもあの時付き合ってたら、こんな感じで会っていたのかなあ、とも。もしも……と、昼間の英文法の仮

定法過去完了を思い出し、自分はどうしたって、今は恋愛よりあの子のことなんだわ、と苦笑する。

「でもいーな。なんか春見と話してるとさ、教職も悪くねーなって、思ってくる。またお前に会えて良かったよ」

いかんいかん。美和に発破《はっぱ》をかけられたせいか、ついつい恋愛のことを考えてしまう。

順子は明るく話題を振った。

「そういえば南高の修学旅行、軽井沢なんでしょ？　うちの塾の秋合宿もそこらへんなの。それでね、八雲《やくも》雅志覚えてる？　私のイトコの。雅志も仕事で軽井沢行くって」

「ああ覚えてる。有名商社入ったんだろ？　俺の結婚式の時、同高《おなこう》の奴らが言ってた」

はい？　今、なんて言いました？

「——山下君。けっ、けっ、けけ、結婚してたの？」

山下はバツが悪そうな顔をした。

「おー……二十二ん時。まあ、デキ婚で。生徒にでかいこと言えねーな」

順子はがたっと席を立った。

「そおなんだ」

「春見？」

「ほなわてそろそろ帰りますわ、友達の山下くん！」

「ど、どした、急に」

いやいや、あんた結婚してて、しかも子供もいるんでしょ？　順子は愛想笑いを浮かべたまま先に店を出て、再び地面に崩れ落ちそうになるのをなんとか耐えた。

あな、恐ろし……！

怖すぎる。消えたい。勝手に独身と思い込んで、しれっと人様の夫と飲んどった！

美和の言葉が蘇《よみがえ》る。

（せいぜい愛人の道に走るくらいしか進路のないダメアラサー）

は、走ってたまるかー!!


匡平は夜道をエンドーたちいつものメンバーでそぞろ歩いていた。勝手について来たうるさい女がやんややんやとさっきからさえずっている。

「ねーねー、匡君ってば。美香わかってるんだよ。あの先生の無神経な発言にイラついてんでしょ？　あんな人どーでもいーじゃん！」

カブがぷーっとガムを膨《ふく》らませて解説する。

「江藤《えとう》は明らかに機嫌悪い人間に『怒ってる？』って聞いて、さらに噴火させるタイプだな」

しかし匡平はまったく美香の言葉など耳に入っていなかった。

先日の居酒屋に、順子のイトコは花を抱えて現れた。エンドーたちが、「あのハイスペックイトコさん、ずんこ先生のこと好きなんじゃね？」と言っていた。匡平だってそれくらいわかる。わかっていないのは、たぶん、当の本人の順子くらいなものだ。

でも匡平が一番イライラしているのは、そのことじゃない。

『十七歳よ』

順子のあの一言だ。あのたった一言で、明確な線引きをされてしまったような気がした。

匡平がどんなに順子を思っても、絶対に、どうにかなるものじゃないのだと。

イライラしながら歩いていると、見覚えのある車が停まり、窓から美和が顔を出した。

「あんたら往来《おうらい》で邪魔だよ。帰ってテレビ見てはよ寝ろ」

うわっ、と美香が素《す》っ頓狂《とんきょう》な声をあげる。

「あの合コン時の！」

「おー、オメ、仲間になったの？　めんどくさそー」

美香は匡平に背後から抱きつくようにして叫んだ。

「友達のあのザンネン先生に伝えてください！　匡君に変なちょっかい出さないでくださ

いって！」

「おいっ。お前なんなんだよ、帰れ！」

参考書を顔に押し付けるようにすると、美香はひどい！　とさらに騒ぐ。すると美和が、ははは、と乾いた声で笑った。

「まさか、今十七でしょ？　あの順だよ。ちょっかい出そーなんて、思いつきもしないよ」

「……困りますか」

匡平はじっと美和を見た。

「十七歳から好きだって言われたら。迷惑ですか」

「……え？」

匡平は、ぺこりと頭を下げた。

「すみません。なんでもないです」

美和に聞いたところでどうにもならない。匡平が好きなのは、あの鈍感で熱血で不器用なまでにまっすぐな、順子だけなのだから。

「――八雲さん。無理ですよ」

その頃、雅志はかつてないほどの膨大《ぼうだい》な量の仕事に追われていた。部下の西大井《にしおおい》が呆《あき》れかえって指摘する。

「これ軽く一月分の案件ですよ。下にも応援頼みましょうよ」

「西大井。俺はな、死ぬほど無理やり軽井沢出張ねじ込んだんだ」

「はあ……」

「なんか知らんが松岡《まつおか》がしきりに今だ、と押すんだ。男を見せろと」

「やー、1ナノも男として見られてないと思いますけど」

「……俺おまえやめてペッパー君がいい」

雅志はパソコンの前に突っ伏すも、すぐにがっと顔をあげる。とにかく、間に合わせる。

そして、

「これがすめば、軽井沢だっ！」

ひとりガッツポーズを作っていると。

「優雅なものですね」

嫌味たっぷりな言葉とともに、営業二課の中間管理職二人組が現れた。

「支社の立ち上げも任されて。一週間軽井沢でバカンスとはね」

「恐縮です」

雅志はしれっと答える。この二人組は、普段から、何かと東大出身の人間を敵視している。

こういう時、雅志は考える。順子が東大に落ちたのは、案外悪くなかったのかもしれない。

あいつだったら、この上に「女のくせに」が乗っかるんだろう。

「羨《うらや》ましいですね、この課の人たちは。東大出ってだけで自動的に出世コースに乗ってる上司のもとで、安心でしょう」

「ぜひ優秀な八雲課長に、我が二課の仕事も手伝っていただきたいもんですな」

「ゴメンですよ。僕は人の手伝いはしません」

雅志ははっきりと言う。

「代わりと言ってはなんですが、以前から部長と話してたんです。今新規プロジェクト立ち上げてらっしゃいますよね。その案件、うちで貰《もら》います。倍の収益にしてみせますよ」

自分でもわかっている。それでなくても軽井沢出張をねじこんだツケで仕事量が半端《はんぱ》ないところに、売られた喧嘩《けんか》を買うような真似《まね》は、無茶だったと。

でもどんなに無茶でもやるときはやる。昔からそうしてきたし、これからもだ。雅志は携帯電話片手に走っていた。途中で見覚えのあるピンク頭の集団を見かけたように思うが、今はそれどころじゃない。

「一箇所《かしょ》だけ土日動いてくれる工場が見つかったんだ。俺が直接運んでくるから、お前は社に残っていてくれ！」

『無茶ですよ八雲さーん！』

電話の向こうで西大井が悲鳴をあげる。

『だいたい八雲さん徹夜明けじゃないですか？』

「うるせーお前は早く帰ってテレビでも見て寝ろ！」

ブッと電話を切った瞬間にまた着信音が鳴る。

「しつけーなっ！」

『……雅志？』

順子だ。雅志は気が抜けそうになるのを耐えながら、手配済みの大型トラックに寄りかかった。

「珍しいなお前から」

『こないださ、話あるって言ってたの、何だったのかなーって』

「あーいや、わりー……今度話すわ」

このタイミングかよ、と思いつつ、ずずず、と座り込み、雅志はタバコに火を付ける。するとと受話器の向こうの声が心配そうに聞いた。

『雅志。大丈夫？』

雅志はふー、と煙を吐き出す。

「順子。東大行ってもな。別にそんないいことなかったぞ。蹴落《けお》とし合いにマウンティングは日常茶飯事《さはんじ》だし、驚くほどコンプレックスの強い人間ばっかだ。お前には絶対こんな思いは……」

そこで意識が朦朧《もうろう》となった。手のひらの中から滑り落ちた携帯の通話が切れてしまったが、雅志は気づかずに喋《しゃべ》り続けた。

「……大学に。おまえがいたら、全然違ってたんだろーな……」

そのまま、地面に倒れこむ。どこか遠いところから、あのピンク頭たちの声がしたと思ったが、雅志はそのまま、意識を手放した。

順子は走った。ベランダ晩酌《ばんしゃく》の最中に、匡平から電話が来たのだ。雅志の携帯で。

「春見！　すぐ来い！　お前のイトコのピンチだ！　飛んでこい！」

必要とされたい。自分を呼ぶ声がこんなに胸を走らすなんて。

もちろん順子は飛ぶような勢いで走って、走って、現場に駆けつけた。しかし現れた順子を見たエンドーたちは恐怖に顔をひきつらせた。

順子はパジャマの上に上着を羽織《はお》り、両手にデッキブラシやほうきをかき集められるだけ持ってやって来たのだ。

「……え？ ヤ、ヤンキーに絡まれたとかじゃないの？」

てっきりそういう話かと思ったが、どうやら違う。匡平やエンドーたちに囲まれて、雅志が見えた。大型トラックの脇に横たわっている。

「雅志！ 具合悪いの!? 病院行く？ 救急車っ！」

雅志はふっと気づいた様子で順子を見た。顔色がかなり悪い。

「わりー……まだ仕事残ってんだ。明日までにこの荷物、三重に運ばないと……」

「みっ三重!? 雅志が運ぶの？ 五時間はかかるよ!?」

「……出来る！」

順子は腹を括《くく》った。こういう時の雅志は、決して譲《ゆず》らない。

「分かった。ユリヤ、エンドー。ここまでありがとう。あんた達は帰んな」

エンドーが信じられない、といった顔をする。

「何で？ 病院は？」

「ここまで仕事で我を通すって言ってる人間止めるのは、もう野暮《やぼ》よ。雅志後ろ乗って！　私運転する」

雅志は朦朧としている様子だったが、青ざめたまま首を振る。

「バカお前……何時間かかると思ってんだ」

「雅志、私はね。あの厳しい厳しい母親に育てられたのよ。本番に弱いだけで、やれって言われたことはやりきる自信がある！」

雅志は、観念した様子で順子にもたれかかった。

「……悪い」

そこからの順子の行動は素早かった。大型トラックの後部座席に雅志を放り込み、自分は運転席に座る。シートベルトをしめ、「なんでずんこ先生大型免許持ってんのー」というエンドーたちに挨拶《あいさつ》もそこそこ、出発する。

「大丈夫だからね、雅志。始業までに間に合わせてみせる！」

「春見！」

素《す》っ頓狂《とんきょう》な声は、助手席から。

「一般道からそんなスピード出すバカいるか！」

パパーッ、とクラクションが派手に鳴らされた。

「だってだって三年前に美和の引越し手伝って以来なんだもん！　こんな高い運転席も初めてだし！　ってああ、なんでユリヤが乗ってんの！」

そう。助手席には青ざめた匡平がいる。

「何で今気づくんだよ！　お前やっぱ相当余裕ねーじゃん！」

「可愛《かわい》いお前を死なせたらどーすんだー！」

「前見ろーっ！」

ギャーギャー言っている間に、なんとか高速に乗ることができた。順子はようやく深く息をする。高速はいい……乗ってしまえば、信号もないし飛び出してくる車もない……。

後ろから雅志が目を閉じたまま呟《つぶや》いた。

「……順。大丈夫だ。少し休んだら次のサービスエリアで代わるから……」

そのまま、再び静かになる。どうやら完全に落ちたらしい。

しばらくの間、順子は無言のままトラックを走らせた。隣の匡平もおとなしい。

「ユリユリ。今日は連絡くれてありがとね。雅志昔からのクセなのよ。体調悪くなる時って決まってひとりになった時で。気づくの遅くなって、いつも困ってたの」

「……別に」

匡平は気まずそうだ。授業を途中で勝手に切り上げて帰って、その次の授業も、匡平は現れなかったのだ。連絡をもらった時、順子はとろろ相手にくだをまいていた。あいつ、英文法もできてないくせに、なにサボってんだって。

だからこそ、順子に助けを求める電話が来た時、順子は嬉しかった。パジャマのまま駆けつけるほどに。それでも順子は言った。

「あのね。私、今日、あなたの声を聞いてから、腹が立ってしょうがない。真面目《まじめ》に塾に来ないいんだったら、受験なんてやめなさい」

これだけは、今、はっきりと言っておかなければならない。

「今のあなたに余計な寄り道してる時間なんてないはずよ。一日五時間の授業サボるなんて、そんな人間が東大なんて笑わせるわ」

ハンドルを握りしめ、まっすぐに前を向いたまま、さらに言った。

「次はないわよ。その時は、私はもう二度とあなたに期待なんかしない」

しばらくの間の後。匡平は、静かに答えた。

「……すみませんでした」

順子は頷《うなず》く。

「いい？　過去に実現不可能だったことを表すのが仮定法なら。直接法は可能性が五分五分の内容に用いるの」

この時間さえ無駄にしたくない。順子は英文法の話へと持ってゆく。

「だからね。今の私の行動によって未来が変わる。すなわち、時制は現在に合わせるの。『急げば始業に間に合う』訳して」

匡平は少しの間考えて、それから答えた。

「……if I hurry,I can catch the start.」

出来たじゃないの！　順子は喜びに大きく目を見張る。しかし匡平は叫んだ。

「春見！　前見ろってーっ……！」


久しぶりにぐっすりと眠れた気がする。目がさめると、頭がすっきりとしていた。雅志が体を起こすと、前から声が聞こえた。

「起きた？　お疲れ、終わったよ」

順子だ。運転席にいる。そうだ、雅志は倒れて、順子が代わりに運転して――。

「今ここ帰りのパーキングエリアだよ。ユリ坊が今、朝ごはん買いに行ってくれてる。帰ったらちゃんと病院行こうね」

間に合ったのか。雅志の無茶な仕事を、結局、こいつに手伝ってもらう形で。雅志は、素直に礼を言った。

「順子。ありがとう」

「はは。雅志のあーゆー頑固なとこ、好きだけど。無理はしないでね」

フロントガラスの向こうに、匡平の姿が見えた。こちらに戻ってくる。今しかない。雅志は決意した。

「あー、へとへとだけどなんか楽しかった……」

「順子」

後部座席から。運転席に座る順子の細い肩に、雅志は手を回した。そして言った。

「俺、お前が好きだ」

二十年以上の片想いに、今日、この瞬間、なんらかの変化が生じるはずだった。美和に言われるまでもなく、雅志はタイミングを逃すことなく、気持ちを伝えた。

しかし。

「──雅志。なんかあったの？」

順子がこちらを向き、逆に雅志の肩に手を回して、至近距離で聞いた。

「柄にもなく弱っちゃって。心配になるじゃない」

「いやおい、俺、今……」

「そりゃあ私だって好きだよ、イトコだもん。でも雅志はちょっとひとりで抱えすぎよ」

おい待て、どうしてそういう話になる。

「雅志にはさ、私が受験落ちた時みたいな、あのぽっきり折れたみたいな感じにはなって欲しくないからさ。溜め込みすぎて折れちゃう前に、私だったらいつでも付き合うから」

「いやいやいや、順子、よく聞け。俺は今疲れて空気に流されて言ってるわけじゃ」

「あ、ゆーり！」

開いたままの助手席側のドアの外に、匡平が立っている。

「遅かったじゃん。車見つけられなかった？」

雅志は恭平と顔を見合わせた。お互い、非常に気まずそうな顔だ。向こうは見てしまった、という顔、こっちは見られてしまった、という顔。しかしふたりとも青ざめ、ショックを受けている。

つまり、順子のあまりもの鈍さに！

こうして一世一代の雅志の告白は、残念な形で終了した。


(東大行ってもそんないいことなかったぞ)

長い付き合いだけれど、雅志のあんな声を、順子は初めて聞いた。そんなこと言わないで、と思った。私は由利君に広い世界を見せるって決めたんだから——。

7

新幹線を降りると、ひやりとした空気が匡平《きょうへい》を包んだ。軽井沢《かるいざわ》の秋はかなり涼しい。

今日から四日間、山王《さんのう》塾の合宿で、帰れば模試《もし》が待っている。

合宿は現地集合が基本で、ホテルの送迎車を探していると、

「きょーちゃーん！」

馴染《なじ》みの声がして、背後からエンドーに飛びつかれた。

「会えったー！　匡ちゃん修旅来ないなんてねーわって思ってたけど。宿近いらしくて嬉しーねー！」

「おー匡平モカソフトだ。食え」

とナラはソフトクリームを差し出す。近くに停まっているバスから、木佐《きさ》やカブも次々に降りてきた。カブが感心した様子で言う。

「すげーよな。塾の合宿ってほぼほぼ軟禁で勉強すんだろ」

確かに四日間はテレビもスマホも厳禁らしい。

「あ、そー言えばね、美和姐《みわねえ》より何やら匡ちゃんに伝言だよ」

エンドーがスマホを取り出して言った。

「えっとー。『非常に面白いが十八の誕生日まではダメだ。あいつは法を犯したらショックで死ぬ。耐えろ!!』だってさ。どゆこと?」

「さーな……」

匡平は口の周りについたソフトを指で拭《ぬぐ》った。甘いけれどほのかに苦い。あの鈍感な順子《じゆんこ》のように。

先日の雅志《まさし》の告白を、苦々しく思い出して、雅志が気の毒と思うと同時に、やっぱり腹立たしい。なぜなら匡平はどんなにがんばっても、十七歳だからだ。

順子は空高く散らばる秋の雲を見上げ、澄んだ空気を吸い込んだ。すると、

「春見《はるみ》!」

と呼ぶ声がした。順子は振り向き、見知った顔を見つける。

「山下《やました》君!　宿舎本当に近いみたいだね」

軽井沢駅前には、送迎車を待つ山王塾の生徒のほか、ひときわ騒がしい集団がひしめき

合っている。腕に引率《いんそつ》の腕章をつけた山下は神妙な顔で言った。

「安心してくれ。教職員一同団結して、夜間脱走等で迷惑かけないよう善処するから」

「囚人じゃないんだからさ」

など話していると、

「うわ、見ろよあの集団。南高らしいぜ」

山王塾の集合場所から、そんな声があがった。生徒たちだ。

「ふざけんなよ。こっちは少しでも点数あげたくて合宿来たってのに。あんなゴミ高の奴らが側にいたら集中できるかよ」

「月謝返せよなー。俺らはあんなクズたちとは次元が違うんだ」

「親に電話して帰ろーぜ……って、むぐぐ」

順子は彼らのひとりの口に、買ってあったメロンパンを突っ込んだ。

「大丈夫ですよ。塾はちゃーんと静かな環境作るので。あなたたちがきっちり集中できるよーにするのも私たちの仕事だから、安心してくださいね～」

それから、まっすぐに生徒の目を見て順子は言った。

「そーゆーの聞くのがね。講師は一番残念だよ。君たちが遊ぶ時間も惜しんで努力してること知ってるだけに。頑張って頑張って、結果やることが他人を見下すことなんて。ダサすぎるでしょ？　こっちはいい進路を切り拓いて欲しくて勉強教えてるんだよ」

「……っ……つれーしまーす」

生徒たちは気まずそうな顔をして離れていった。順子はふう、と息を吐く。

「あの顔は全然納得いってないわね」

隣に立つ山下が、くすりと笑った。

「お前変わんねーな」

「口悪いところが？」

「いや、かっこいいところが」

ぽんぽん、と山下は順子の頭を叩く。

「俺に教えてくれた頃のまんま。先生だろーがヤンキーだろーがはっきり言えて。今由利《ゆり》に教えてるっての納得だよ」

山下は匡平の担任でもある。彼は、さらに言った。

「あいつ家が色々あったみたいだからな。学校と塾でお互いちゃんと見てこーな」

「……色々とは。お父様がエライ人ってこと？」

「も、だけど。お母さんの方、早くに亡くなってるみたいだからな」

はねたピンクと、うつむいたまつ毛。順子が匡平を思い出すときは、決まってそんなイメージだ。目の前で問題をやる匡平をずっと見ているからなのか。今も匡平は、机を挟んだ向かいで参考書に視線を落としている。順子は思わずじっとそんな匡平を見つめた。

「ちょっとちょっとちょっとーっ！」

大声をあげたのは美香《みか》だ。

「何先生、匡君のことじっと見つめちゃってんの。フケツーッ！」

「ああ、わり」

「だいたい何この大部屋！　塾の方が全然集中できんじゃん」

確かに大部屋だ。合宿中は、普段宴会場にも使われていそうな畳《たたみ》の大広間に、机をたくさん並べて、そこで勉強する。

「そういうトレーニングなのよ。集中できる居心地のいい空間、じゃなくても力を発揮するためのね」

最終的に、この子たちは、試験会場で集中できないとダメなのだ。

「はい、じゃあユリユリはこっち。数学青チャート。今回からストップウォッチを使います。一問十分ね」

問題は解答欄《らん》ではなく、無地のコピー用紙に計算式もなんでもすべて書き込んでもらう。

紙の大きさと脳の広がりは比例するから、図でもなんでも好きに書いてもらうのだ。美香は膨《ふく》らませた浮き輪を腰に巻いてぎゃーぎゃーとわめいた。

「何このくそまじめ授業！　外出たーい、BBQしたーい、遊びたーい！」

「逆にチミは十月の軽井沢に何を期待して来たんだ」

美香はじたばたと喚《わめ》き続ける。

「せっかく匡くんと一緒なのにーっ！」

「まーまーエトミカ。全部解けたら先生がご褒美にええこええこしたるから」

「やだー！　鬼ババ！」

順子はふと、匡平の様子がおかしいことに気づいた。静かだ。あまりにも。ひとり黙りこくって、もくもくと問題を解き始めている。

「ゆり坊……集中してんね」

それにも返事はない。

私、何かしちゃったっけ……？

雅志はデッキテラスに目立つピンク頭を見つけて、大いに驚いた。山間《やまあい》にある軽井沢のショッピングスポットだ。

「由利君。驚いたな。本当に近くで合宿やってるんだ」

呼び止めると、匡平は無言のまま雅志のところまで来た。

「俺ここの下に会社の保養所があるんだ。合宿終わったら遊びにおいで」

「……はあ」

雅志はそこで、さらに声をひそめる。

「……ところで。順子、あれから……普通か？」

匡平は束の間《つかま》無言で困った様子だったが、ぽつりと答えた。

「……普通っすね」

やっぱり。雅志はどっと力が抜け、ふらりと歩き出す。

「あ、そう。ごめん。じゃ俺行くわ」

「八雲《やくも》……さん」

匡平が呼び止めた。振り返ると、真剣な顔。

「好きなんですよね、あいつのこと」

真剣に聞かれたので、雅志も真剣に答えた。

「好きだよ。ずっと」

そう言えば、先日の告白だって、この子に見られているのだ。

「正直二十年近く対象として見られて来なかったら、苦労してるけどな」

「そんなんいいじゃないですか」

まっすぐな目で雅志を見据えて、匡平は言う。

「あいつとタメで。二十年近く傍にいられて。なんの問題もなく告《い》えて。死ぬほど羨ましいです」

雅志は驚いた。いや、そんな気はしていたのだ。

「それって……君も？」

匡平は答えない。ただ、まっすぐな眼差《まなざ》しが答えを物語っている。雅志は動揺《どうよう》した。

「いや……だって君、十四歳も」

「雅志！」

そこへ順子本人が現れた。お気楽な様子でのほほんと。

「すごい。本当に皆近場だったんだね。あっちに高校んときの山下君も来てるのよ」

「山下って山下!?」

それは、嫌な予感しかしない。山下といえば、高校の時、順子を好きだった男だ。そこでふと、雅志は順子の格好に気づいた。薄手のふんわりしたスカートに半袖《はんそで》のトップス、あとはデニムジャケットを肩にひっかけているだけだ。

「お前、薄着過ぎやしないか」

「やーそれが朝バタバタしてて持って来てなくてさー」

雅志は着ていたウィンドブレーカーを脱いで渡した。

「貸してやる。俺、宿に上着あるから」

「まじ？　ありがとー」

そうこうしている間に、匡平がひとりでふいっと離れていった。順子が気づいて追いかける。

「ユリオ！　どこ行くの！」

「……自販機」

「ダメよ！　もう次の授業始まるわよ。遅刻は絶対に……」

伸ばされた順子の手を、匡平は強く振り払った。

「あれダメこれダメうるせーんだよ！」

順子はショックを受けた様子で、その場に固まっている。匡平はそのまま行ってしまった。雅志は順子のそばまで駆け寄る。

「おい、大丈夫か」

「……大丈夫」

口ではそう言ったが、順子はかなり青ざめている。雅志には、匡平の気持ちがわかる気がした。思いがけない恋のライバルの登場に、心配でやきもきするのと同時に、相手の気持ちを慮《おもんぱか》ってしまうという、なかなか複雑な心境だった。

雨が降り始めた。なかなか強い雨だ。講師陣は明日の予定を相談しあっている。

「弱ったなー。こりゃ明日の朝散歩は中止ですね」

勉強の前に運動することで、効率よく吸収させるプランだったが、どうやら中止だ。それよりも、順子は姿を見せない匡平が気になっていた。広間には夕食が並び始めている。

「美香ちゃん。ゆり平は？」

「知んなーい。なんか男子部屋にもいないんだってー」

と美香はすっかりおかんむりだ。すると、

「由利君なら、見ましたよ」

三人組が、そう声をかけてきた。見れば、集合場所で南高の生徒たちのことをバカにしていた例の子たちだ。

中でも順子がメロンパンを口に突っ込んだ小太りの生徒が、信じられないことを言った。

「奥の倉庫で、彼、たばこ吸ってました」

これには塾長が青くなる。

「なっ……君、本当ですか？」

「本当です。僕ら見ました」

「でも彼あの通りずいぶん悪さしてそうなので。殴《なぐ》られでもしたらって、僕ら、声かけられませんでした」

「……私、行ってきます！」

順子は雨の中へと駆け出した。

「春見先生！」

外に出た途端、強い雨礫《あめつぶて》が頰《ほお》をぶった。でもそんなことよりも、匡平が心配だった。あの子は、そんな子じゃない。でも順子は、今日、あの子の気持ちが閉じるのを、止めることができなかった。

順子は必死に走って、宿の裏手の林の奥にある倉庫を目指した。道はすでにぬかるんでいて、順子は足を滑らせ、派手に転んでしまった。

痛みをやり過ごすのに、少し時間がかかってしまう。それでも匡平のことしか頭になかった。順子は必死に起き上がろうとしたものの、左足首に激痛が走る。

「……完全にくじいちゃったな」

あーあ、と順子は雨に顔をさらすようにする。タバコなんて本当はどうでもいい。あの子が今しんどいなら、そっちの方が気になる。最初に順子が声をかけなかったら、あの子はいつも通り、友達と遊んでたはずだから……。

ふう、と大きくため息を吐いたその時。目の前の藪《やぶ》の奥が、ガサッと大きく音を立てた。それから、ザッザッザッと音を立てながら、何かがこちらに近づいてくる。

「ま、まさか、熊!?」

咄嗟《とっさ》に武器になるものを探し、でも当然見つからず、順子は投げた。泥の塊《かたまり》を。べちゃっと音がして、おそるおそる目を開ける。

鮮やかなピンク頭がそこにあった。

「おい」

泥の塊は、そのピンク頭に命中している。

「ユーリ！」

「っだお前。いきなり泥団子投げやがって」

「ごっごっごめっ……でも、どうしてここに」

「エンドーたちのところから戻ってきたら、騒ぎになってたから。お前が俺探してこっちの方に走っていったって」

なんだ。やっぱり、匡平はひとりで隠れてタバコなんて吸ってなかった。でも問題は、そこじゃないのだ。

「なんだお前これ、足怪我《けが》してんの？」

匡平はすぐに気づいた様子だ。

「背中乗れ」

なんだと？　順子は逆に、ぐいっと匡平の首に手を回して引き寄せた。

「わっ」

「ちょうどいいわ。なんか奥に倉庫があるらしいから顔貸しなさい！」

引きずるようにして、ずんずんと歩き出す。

「お前ケガしてんだろーが！」

「痛かないわよこんなもん！」

「おいっ、ひっぱんな！」

それでも順子は歩くのをやめず、最後は匡平を引っ張るというより、肩を貸してもらうような形で、そのまま倉庫らしき建物にたどり着いた。

中に入ってみると、管理人の休憩室《きゅうけいしつ》のような場所だ。真ん中にテーブルがあって、そこに、ご丁寧《ていねい》にタバコが置いてある。

「なるほど。ここにタバコがあれば、ユリ坊がいなくても疑われるわけね。わざわざご丁寧に買ってきたのかしら」

匡平がここでタバコを吸っていたと証言した、あの三人組。昼間、順子に説教されたことを逆恨みしたのだろう。匡平も南高ということで、ちょっとした意趣返《いしゅがえ》しをしようとしたのかもしれない。

順子はタバコを一本ぬいて、火を付けた。

「……なんでお前が吸ってんの」

「証拠隠滅《いんめつ》。それに、吸いたい気分なの」

それから二人で、行儀《ぎょうぎ》悪くも、テーブルの上に向かい合って座った。

「……ごめんね。正直、模試《もし》が近づいてて私もちょっと焦ってたのかも。ダメダメ言っちゃったこと訂正《ていせい》するわ。脳はね、構造的に否定形を理解できないの」

順子は煙を吐いて、じっと匡平を見つめる。

「〝あなたが東大に合格して幸せな光景を想像しないでください〟ね、こんがらがるでしょ？」

ふたりとも雨に濡れている。雫《しずく》が、匡平のピンクの髪から滴《したた》り落ちている。順子はさらに穏やかな声で言った。

「あなたは絶対に合格できる。試験会場で必ず集中できる。遅刻は本番以外謝ればＯＫ。受験が終わればもっともっと広い世界が待ってるわ」

それから、もっとも大切なことを付け加えた。

「誰よりも信じてるわ」

匡平は黙って聞いていたが、ふと、何を思ったのか唐突《とうとつ》に来ていたトレーナーを脱いだ。

「これ着ろ。中濡れてないから」

順子は驚き、のけぞった。

「は？　いやいや、そんな。生徒の方が風邪《かぜ》ひいたら」

匡平は上半身が裸の状態だ。それなのに、順子の手を取り、妙なことを言った。

「――先生。俺にも、ご褒美《ほうび》ください」

あまりにもまっすぐな眼差《まなざ》し。匡平は、真剣なのだ。順子も瞬きもせず、彼を見つめ返した。

「……いいよ」

「これ。脱いで」

匡平は、順子が着ているずぶ濡れの上着の襟《えり》をつかむ。雅志が貸してくれた上着だ。上着は匡平の手によって、するりと脱がされた。

顔が近い。雨の音が強い。ふたり、ずぶ濡れのまま、ここに閉じ込められている――。

ピンク頭がさらに近づいて、冷たい唇が、順子の濡れた鎖骨《さこつ》の左下あたりに押し付けられた。

「春見。再来年の二月三日、覚えといて。十八になるから」

匡平は、囁《ささや》くようにそんなことを言った。

「十八になったらなんでも言える。受験受かれば自由になる。東大に受かったら、怖いものなんて何もない」

こぼれ落ちるピンク。濡れて冷たいのに、熱いような肌。今日は、まつげは伏せられていない。まっすぐに、切ないような瞳で順子を見上げてくる。むき出しの両腕で腰を引き寄せられる。雨の音が、さらに強くなる――。

どのくらいの間、そうしていたのか。やがて匡平が聞いた。

「……戻る?」

うん、と順子は頷《うなず》いた。

「みんな、心配してる」

匡平が裸にジャケットを直接羽織《はお》る。順子も匡平が貸してくれたトレーナーをTシャツの上に着た。

「おぶんなくていい？」

「うんだいじょうぶ」

「じゃー手」

差し出された手を、順子は取る。しとしとと雨が降り続く林の中を、手をつないで、ふたりで歩いた。匡平が、前を向いたまま、言う。

「春見。言っとくけど俺はお前に母性なんか微塵《みじん》も求めてねーからな」

順子はじっと彼の髪を見つめた。ああそうか。髪がおりてるんだ。雨で。だからいつもと違う感じがするんだ。

ユリユリが、あんまりまっすぐ見てきたから。なんだか心を開いてくれた気がして、動けなかったんだけど。

鎖骨の左下。順子がいつもしている、細いプラチナのネックレスの、ちょうどそのあたり。

順子は、手で口元を覆《おお》った。赤くなっているのが自分でもわかった。

あれ？

8

（ご褒美下さい）

左胸の、甘ったるい、ピンクの――。

順子《じゅんこ》は鏡の前で、ぎんっと血走った瞳を見開いた。

おい。寝れんかったぞ。昨日のあれは何だったんじゃ。ユリ坊のやつ、いつになく神妙な面持《おもも》ちで……。

まるで、彼女か何かにするような、そういうもたれ方のような気がしたんだけど。

（お母さんの方、早くに亡くしているみたいでな）

順子は手に持った櫛《くし》をじっと見つめて考える。

「――やっぱり。ああは言ってもお母さんみたいな甘えられる存在が欲しいのかな……」

「だから、お前には母性とか求めてねーって」

背後にいきなり現れた匡平《きょうへい》が、順子の後ろから手を伸ばして水道の蛇口《じゃぐち》をひねる。順子はひっと体をのけぞらせた。匡平はそんな順子の態度も意に介さない様子で、

「お前のこれワックス？　貸して」

と順子のスタイリング剤を手に取る。

「……いいけど。あんま固まんないよ」

「あーまーいっか」

あれ？　順子は鏡ごしに匡平を見て、首をひねる。この子、こんな感じだっけ？　なんというか、距離感が今までとは違うような？　すると匡平の方も、じっと順子を見つめてくる。

「なっ、何っ⁉」

「お前寝れた？」

「ね、寝れたよ！」

順子は内心の動揺《どうよう》を押し隠すのに必死だ。無駄に鋭いんだから。するとそこに美香《みか》までが現れて、ふたりの間から顔をずぼっと入れてくる。

「なーんか、ちょーおかしーい」

「だ、だ、だから、何がっ!?」

「昨日二人で戻ってきてから変な空気、変な空気ーっ」

「なっ、何もないよっ」

順子は慌てて洗面所から出た。

「二人とも朝の三十分ウォーキング、遅れずに来るのよっ」

そしてほとんど逃げ出す勢いで、走ってその場を離れた。そのままひとりで、山道の散歩コースへと先に出かける。

いつもと、絶対、何かが違う。でも、順子だって露骨に赤くなってしまった。娘っ子でもあるまいに。

「ないないないない、なんでもない。気のせいだよ、うん」

あの子も急な受験勉強で疲れて、ちょっと甘えたくなっただけ。あたしゃ三十一だよ。ありえない。こんなこと考えてること自体、知られたら死ぬ！　だってあの子は、まだ十七歳なんだから――。

と、自分に言い聞かせるようにして、少し落ち着きを取り戻したその時。

「昨日から思ってたんだけどさ」

順子は目玉が飛び出すほど驚いた。いつの間にか匡平に追いつかれて、隣に並ばれている。

「なんか、そんなちっちゃかったっけ」

「そ、そりゃ……ヒール履《は》いてないからね」

「ふーん。可愛《かわい》いですね」

ぎょえっと変な声が喉《のど》から出た。お、オメ、なっ、何を言い出す……。

「春見《はるみ》さ、こっち歩けよ」

匡平は順子の頭を手で軽くつかむようにして、強引に立ち位置を自分と逆にした。

「車危ないから」

いったい、何がどうした。それからも、

「また薄着してる。着れば」

と順子に自分のシャツを着せかけたり、

「朝飯どこで食うの？　一緒に食わね？」

と誘ってきたり、食事の時は食事の時で、順子の頰《ほお》についた米粒をすかさず「ついてるよ」と取ったり。

順子は大声で叫びたかった。

勘弁してくれ！　こいつに何があった……！

順子が爽《さわ》やかな軽井沢《かるいざわ》の朝の空気の中で、十四歳下の教え子との距離感に悩んでいる頃、八雲雅志《やくもまさし》はひとりで飲んでいた。

「八雲さん。まさか朝から飲んでいるんですか」

現れた西大井《にしおおい》が呆《あき》れた顔で聞く。雅志は浴衣《ゆかた》に羽織《はおり》姿であぐらをかき、くつろいだ格好だが、西大井は仕事で日帰りで来てくれたため、スーツ姿だ。

「休暇中だぞ。飲んじゃいけない理由なんかあるか」

「ないですよ、別に。でもいいんですか？　従姉妹《いとこ》さん、近くにいるんでしょ？」

「誘うさ……」

と、自分の傍にずらりと並べた酒瓶《さかびん》を指差して、半ギレ状態で続ける。

「これ全部飲み終わったら誘う……！」

「僕いつも思ってたんですけど」

やれやれ、と西大井はため息までついてみせる。

「この歳になるまで二十年近く告白もせずに、ほんと何やってたんですか」

「バカヤロー！　俺は言おうとしたよ、何度も！」

雅志は拳を握りしめて力説した。

「高一のクリスマス！　高二のバレンタイン！　高三のハロウィン！　七夕《たなばた》、節分《せつぶん》、春分《しゅんぶん》、夏至《げし》、立秋《りっしゅう》、冬至《とうじ》！」

「……イベント好きっすね」

「ついに言うぞって、そーゆー時に限ってな。あいつが無意識に釘さしてくんだよ」

　雅志は昔を思い出して切なくなった。

そうだ。あいつは、いつだってそうだ。「彼女できた？」とか、「雅志とは兄弟みたいなもん」とか。

　あいつの中で、一人で勝手に戦線離脱してたんだ。こんな自信のない自分が、誰かに好かれるわけないって。

「でもどっかで余裕あったんだ。順子、今まで他の男のことも見てなかったから。でも、あの子は違う」

　長いピンク色の前髪の奥から、雅志をまっすぐに見た、あの子の瞳。

「初めて順子が誰かに夢中になってるのを見た」

「八雲さん」

　西大井は淡々と言った。

「従姉妹さんにフラれたら、僕が一緒にディズニー行ってあげますよ」

「……いらんわっ！　早く帰れっ！」

こうして軽井沢くんだりまできて、会社の保養所でひとり酒を飲み続ける雅志であった。


「ふたりとも。お昼全然食べてないじゃん」

手付かずのお弁当を二つ見て、美香が目を丸くした。順子は色々消耗《しょうもう》してしまい食欲がまったくない。匡平も消耗はしていないようだが、同じく食欲はないようだ。

「……なんだお前。そのかっこ」

順子も思わずまじまじと美香を見た。疲れによる目の錯覚《さっかく》でなければ、順子のもうひとりの教え子は、ビキニを着てそこに立っている。

「ジャーン！　海もプールも行けないけど、匡君に見せようと思って。水着！」

と、ドヤ顔でポーズを取ったはいいものの、美香はすぐにぶるっと大きく震えた。

「きょーくん寒い！　ギュッってしてーっ！」

しかし匡平は興味もなさそうな顔で、さっと美香が飛びついてきたのを躱《かわ》す。順子はそんな匡平に言った。

「おい。年頃の女子があんなカッコしてんだから、ドキドキワクワクしたらんかい」

「江藤《えとう》があんな格好してもなんとも思わない俺、おかしいのかな」

「まあ健康的じゃないわね」

するとと匡平は、間近で順子の顔をじっと見つめてきた。

「健康ですよ。先生だったら迷わず行ってます」

ひーっ！　まだ終わってなかったのかーっ！

「春見先生と由利《ゆり》君はずいぶん仲がいいですね」

最悪のタイミングで、塾長がぬっと現れた。まるで背後霊のように。

「ひょっ……じゅ、塾長っ」

「南高《なんこう》から東大なんて大それたことを言い出す不良高校生と、塾きってのしょぼくれた講師が気が合うとはね。模試で由利君の学習の成果がいかほどか、楽しみにしております」

塾長、顔が近いっ。順子は先ほどまでとは違う意味で青ざめた。

「は、はいっ……！」

そうだ。すっかり忘れていたが、順子はいつ首を切られてもおかしくはない身。山王《さんのう》塾にとってお荷物であることは変わりない。

「頑張ります」

匡平が冷静な声で言った。

「俺が合格したら、春見先生のこと、しょぼくれた講師なんて言わないでもらえますか」

順子はさらに焦った。

「ゆっ、由利くーん。いいのよ。先生じゅうぶんにしょぼくれてるんだよ～」

「だってそれが職員に言うことかよ」

「ふむ。まあそうですね。失礼しました」

塾長もあっさりと謝って来る。順子は食欲がないのを通り越して胃まできりきりと痛くなってきた。

「おや、春見先生。どちらへ？」

「御手洗いに行ってまいります！　由利君はこの補習問題やっとくよーに！」

再び逃げるように廊下《ろうか》に出た順子は、ぷはっ、とようやく深く息を吐いた。

しんど!!

なんじゃ、あいつ。昨日からまるで乙女《おとめ》ゲーのヒーローのように。甘っちょろい戯言《ざれごと》をつらつらと……！

困る。どうしたらいいんだ。あれじゃあ、まるで――。

逃げるように宿を離れ、とぼとぼと歩いていると、喫煙所に山下《やました》を見つけた。順子はほっとして彼のそばまで行く。

「今それ何休憩中？」

タバコを吸っていた山下は、即答した。

「『昨日一晩中、生徒が脱走はかろうとするので教職員も生徒も不眠不休で抗戦して、今やっと昼寝さしたとこ』中」

「子育ておつです」

山下は微笑《ほほえ》んだ。

「お前こそなんか元気ないな。座れば」

順子はお言葉に甘えて、山下の隣に腰を下ろした。十分だけ。そうしたら、また、あの子のところに戻らなければならない。

「山下君はさ。それまで普通だった人と、ある日突然妙に調子がおかしくなったことってある？」

山下はちょっとだけ目を見開いて、

「春見に春が来た？」

と鋭い質問を逆にあびせた。順子は動揺《どうよう》し、絶句する。なんでみんなこんなに鋭いのか。

「はは、すげーじゃん。お前の調子おかしくするなんて」

「え？」

「信じられないくらい、鈍いからなあ、順子ちゃんは」

「えっ、そ、そう?」

「俺も告白するまで何回一緒に帰ろうっつったか。何回デートに誘ったか。わかんないくらいだったけど、ぜんっぜん、気づいてくれなかったし」

「いやだって、あん時は」

高校生で。順子の頭の中は受験と東大のことしかなかった。

「相手誰だか知んねーけど。苦労してんだろーな。だってほら、あいつも……だっただろ。八雲」

へっ、と順子は目を丸くした。

「雅志?　雅志はイトコだよ」

山下は苦笑する。意味不明な、不可解な微笑だ。

「まあいいじゃん。幸せになったとこ見せろよ。いい歳《とし》して言うことじゃないけど、春見は初恋の娘《こ》だからな」

山下は優しい顔で、順子の乱れた前髪を直してくれた。

「相手のやつのこと、ちゃんと見てみれば」

よくなんかないんだよ、山下君。私はね、あの子のことだけは――。

この奇妙にモヤモヤとした状況から、短時間でも逃れたい。順子は、目の前の単純作業に集中した。軍手をはめ、薪《まき》を次々に束ねて積み上げてゆく。すると、

「お前顔色悪くね？」

匡平がやって来て、言った。

「……自分だって。ご飯ちゃんと食べなさいよ」

「何してんの？」

「明日のキャンプファイヤーの準備。演習問題やった？」

うん、と言って匡平は問題集を手渡した。

「すっげ頭疲れた。お前の出す問題、サクサク解けんのと、躓《つまず》く問題の、差が激しいっつーかさ」

「もちろん、わざとよ」

順子は採点しながら言う。

「数学なんてね、ギャンブルみたいなものなの。一回難しい問題が解けたら快感になってハマる。でも毎回上手《うま》くいっちゃ、飽きちゃうの。『部分強化』ってね、たまに勝つからハマるの」

「ま、東大の理系は数学満点が当たり前だからね。きっちり糖分とって頑張ろ……」

「春見！」

「え……？」

順子は問題集から顔をあげた。脇に積んであった丸太が、ぐらっと大きく崩れた。そして次の瞬間には、順子は匡平に覆《おお》い被《かぶ》さられるようにして、床に倒れていた。

「……って」

「ちょっ、大丈夫!?」

同じだ。あの時と。階段から落ちた、あの時……匡平は、順子をかばって骨折した。

「バカ！　私たちは親御さんから大事なあなたたちを預かってるの。私が怪我《けが》した方がマシよ！」

匡平が順子を見る。顔が近い。庇《かば》ってもらったから、体も近い——。

匡平の眼差《まなざ》し。まっすぐで、痛いような眼差し。怒ってるみたいな、悲しそうな。

匡平は、ふいっと立ち上がって行ってしまった。

順子はしばらくの間、動くことができなかった。怪我はしていない。それなのに、胸が痛い。

あの子。いったいどうして、あんな顔をしたんだろう……。

「俺ぁもー所持金も底ついててさ。やめよーと思ったんだよ。でもさ、このまま帰ったらもしかして一生後悔《こうかい》すんじゃないかって。だから、買って来ました！」

ナラはばーん、と特大ピザを持ち上げた。

「担任に借金して！　特大ピザカルーザワスペシャル！」

エンドーがぱちぱちと手を叩く。

「ナラって、ほーんといっつも食ってんねー」

修学旅行に来ている南高の、いつものメンバーの中に、匡平もいた。でも匡平だけは数学のチャート式問題集を黙々と解いている。隣に座ったエンドーが言った。

「てか匡ちゃん元気なーい。風邪《かぜ》？」

反対側に座るカブが心から同情した様子で言う。

「そりゃそーだべ。閉じこもって勉強ばっかしてんだもんよ」

「ねー。ところで匡ちゃん、昨日の美和姐《みわねえ》さんの伝言ってどーゆーイミ？　あ、噂《うわさ》をすりゃ」

エンドーはスマホを取り出した。

「美和姐さんからだ。はい、もしもし。え？　匡ちゃん？」

ほら、とエンドーに手渡された画面には確かに美和が映っている。FaceTimeでかけてきたらしい。美和はタバコをくゆらせながら言った。

『ユリ平。一回そいつら撒《ま》いてあたしとサシになんな』

匡平は言われた通り、エンドーのスマホを借りて仲間たちから離れる。

「……なんすか」

『どうだ。耐えているか、若者よ。いくらいつもと違う環境だからって、羽目外すんじゃないよ。やばいのは順なんだからね』

匡平はその場に座り込むと、壁に背中を預けた。画面の中の美和に向かって言う。

「きついです。好きな女が四六時中そばにいるんですから」

するとと美和は言った。

『まー私的にはね。がっと押し倒せって感じなんだけど。ユリ平なら順を恋愛体質に変えるくらいできそうで、楽しみなんだけどね。でもまあ真剣なら――』

「みーわ」

いきなり背後から声がして、匡平はぎょっとして振り向いた。順子だ。すっと匡平が手にしているスマホをとりあげ、美和に言う。

「どーりで、ユリ蔵がおかしいと思えば。罰ゲームかなんか？」

『え!?　いや、ちげーって』

「忙しいのよ」

順子は通話を切って、匡平にスマホを渡すと、すたすたと歩き出した。慌てて匡平はあとを追う。

「ちょっ、おい、春見待て」

順子は冷静な横顔を見せたまま、呟《つぶや》いた。

「冗談でよかった」

よかった？　匡平はそのたった一言に打ちのめされて、それ以上、順子を追いかけることができず、去ってゆく背中を見つめていた。


夜になり、順子は非常にまずい状況に陥《おちい》っていた。

やばい。なんか本当に、具合が悪くなって来た気がする……。

布団の中で、ぼうっとして天井を見上げる。体の節々が痛いし、顔が熱い。どうやら風《か》邪《ぜ》をひいたらしい。

早く寝て直して、早起きして、ユリユリの授業の準備しなきゃ。大丈夫。これでもう明日からいつも通り――。

「春見」

順子は、ぱちっと目を開いた。心臓が止まりそうになる。布団に寝ている自分を、匡平が覗《のぞ》き込んでいるではないか。しかも、至近距離で。

「ユッ、ユリユリ……っ！」

「頼む！　大声出すな！」

匡平は焦った様子で順子の口をふさいだ。

「……悪い。何回も声はかけたんだけど」

口を押さえたまま、匡平は言った。

「今日ごめん。冗談なんかじゃない。でも傷つけた。ごめん」

真摯《しんし》に謝ってくる。自分こそが傷ついているような顔をして。順子はそっと匡平の手をどかして、聞いた。

「冗談じゃないなら何だったの？」

匡平は一瞬目を見開いて黙り込んだものの、やがて答えた。

「……まだ言えない」

順子は嘆息《たんそく》し、上体を起こす。やっぱり体が痛い。

「全然、何も傷ついてなんかないわよ」

「だってお前、今日の……」

「あれは逆よ。急に気が抜けたの」

順子は、はあっと息を吐いて、自分の膝に顔をうずめた。

「私今日、ユリユリと美和の電話聞いて、心底ほっとした」

そうだ。傷ついたわけじゃない。でも、匡平から自分に向けられた気持ちが、もしかしたらと、その可能性を考えるだけでどうしたらいいのか分からなかった。

「万一、万一ね、生徒と間違いがあった日には、私、担当を降りなきゃいけないもの。ユリユリに全然会えなくなる。私、今それより辛《つら》いことないわ」

それほど、順子にとって匡平は特別で、大切な存在なのだ。

「由利君が合格する時、横にいたい。どうしたって先生と生徒じゃなくなるその日は来るから。その時まで、一瞬も離れたくない」

匡平は黙って聞いていた。しばらくして、順子の手に匡平の手が触れる。

「……春見。俺も」

それから、つぶやくように、「ごめん」ともう一度謝った。

その四月がやってくる、その時まで、一番近くで――。

触れた手が、燃えるように熱い。自分の熱なのか、匡平の熱なのか、順子には分からない……いやちょっと待て。

私たち、どっちも体熱くない⁉

会社の保養所でひとり寂しく過ごしていた雅志は、慌てて順子のいる宿までかけつけた。

「順子！」

エントランスで棒立ちしている、やけに顔色の悪いイトコに近づく。

「なんだお前、さっきの呪いみたいな電話！」

ようやく順子の方から連絡が来たかと思えば、ゼーゼーと荒い息遣いしか聞こえてこなかった。雅志はゾッとし、もとい、心配になり、車を飛ばしてきたのだ。すると、順子が全身を投げ出すような勢いで雅志の腕の中に飛び込んで来た……というより、崩れ落ちてきた。

「え？」

と喜んだのも束《つか》の間《ま》、そこにさらに、どさっと重いものが加わる。

なんと匡平だ。順子と共に、雅志にもたれかかってくる。

「ええっ⁉」

何が起きたのか理解できず、とりあえず足を踏ん張らせて立っていると、山王塾の塾長と、宿のスタッフらしき女性が揃《そろ》って頭を下げてきた。

「インフルエンザです」

「……は？」

「申し訳ありません。塾としても他の生徒に感染《うつ》すわけにはいかず。近くに春見先生のご親戚《しんせき》がいらっしゃると聞きまして」

「私どもも他のお客様に配慮《はいりょ》しなければなりませんので……」

つまり、この宿に隔離《かくり》部屋を用意するから、雅志に病人たちの面倒を見ろというのだ。

そういうことなら、確かに仕方がない。

しかし、しかしだ。案内された部屋を見て、雅志はかっと目を剥《む》いた。

「なんで二人同じ部屋なんだよっ！」

「あー体いてーっ！」

順子は窓枠《まどわく》につかまりながら、悶絶《もんぜつ》した。本当に半端《はんぱ》ない体の痛みだ。

「だ、寝てろって」

同じく顔を真っ赤にした匡平が注意してくる。大部屋でふすま一枚を挟んではいるが、すぐそこにいる。

　順子は縁側に布団をひきよせると、すっぽりと背中からかぶりながら言った。

「お前さんには分からん……十代と三十代のインフルの体の痛みが同じだと思うなよ」

　あまりの痛みで寝付けないのも苦しい。

「まあ今んとこ他の塾生に感染してなくて、私たち二人だけで済んだなら良かったけどさ」

　ああ、遠くで順子が用意したキャンプファイヤーが燃えている。

「……ユリ平。帰ったら模試《もし》に向けてがんばろうね」

「うん。お前、そこで寝んなよ」

　匡平は布団を抜け出して、這《は》うようにして順子の隣まで来た。順子は遠くで燃える火を見ながらつぶやく。

「南高から東大になんて言い出して、塾長も本当のところ、東大に落ちても偏差値《へんさち》が30もあがれば上等と思ってるんでしょうよ」

　でも、と順子は精一杯声を強くして、続けた。

「私はあなたを、ちょっと受験頑張った不良少年、でなんか終わらせないわよ。ユリユリのこと、夢見てる子みたいに言われて、すっごく悔《くや》しかった」

自分がショボくれた講師だと言われた時以上に。

「うちの匡平ちゃんナメるなんて許さんぞ！　受験前日までに全生活をかけて見返してやる！　ちくそー、婚活してる暇などあるかーっ！　私が結婚できなかったら笑えー！」

思いっきり叫んだら、どうやら最後の力が尽きてしまったらしい。順子はばたん、と崩れ落ちた。

「おい。おいって」

匡平が呼んでいるが、目を開けることもできない。寝て早く直さないと、という強い気持ちの表れで、眉間《みけん》に目一杯力を入れたままで、ぐーっと眠りに落ちてゆく。

「……なに、その寝顔」

呆《あき》れたような声。匡平が順子を抱き上げ、ふらふらになりながら、布団まで運んでくれる。順子は朦朧とした意識の中で、

「……バカ。こっちだってインフルなんだっつの」

辛《つら》そうな匡平の声を聞く。

「お前ね。人に卒業までお預け出しといて、結局何も気づいてねーだろ」

お預けとは、あれだろうか。

（どうしたって先生と生徒じゃなくなる。その日は来るから）

順子の手が、そっと持ち上げられ、匡平の顔に押し付けられる。

まだまだ熱い。

私たち、ふたりとも、冷め切らない熱を帯びている――。

「責任取るよ」

優しい、でも決して揺るがない強さを秘めた声で、匡平がそう言ったのを、順子は眠りに完全に落ちる直前に、聞いた。

9

塾の強化合宿が終わり、インフルエンザからも無事復活した匡平《きょうへい》は、ふと、朝の空気がだいぶ冷たいことに気づいた。

「さっみ、もー冬じゃん！」

登校時、隣に並んだエンドーも寒そうに身を縮こまらせる。

「しっかし匡ちゃん、インフル復活よかったね。ってことは同じくインフルで死んでたずんこ先生も、そろそろ復活してるかな？」

順子《じゅんこ》は、三十代のインフルきっつ！　と叫んでいた。合宿中の順子とのやりとりを思い出し、匡平は、ふ、と笑う。その時、

「オッス」

急に背後から首に腕を回された。美和《みわ》である。

「え？　美和姐《ねえ》さん？　なんで、うちの高校に!?」

驚くエンドーやナラを軽く無視して、美和は匡平に語りかける。

「よーキョン吉。この前は悪かったな」

合宿中にかかってきた電話のことだろう。あの時の美和との会話の内容から、順子は、匡平の彼女に対する態度は、美和に頼まれてやったことに過ぎないのだと誤解した。いや、

(私、心底ほっとしたの——)

そう思い込むことで、安心したかったのかもしれない。

「これは詫《わ》びのつもりだよ。受けとんな」

と、美和が封筒を匡平に渡す。

「なんすか」

「順の二十代の頃の水着写真」

さすがに匡平だけではなく、ナラやエンドーも驚きに目を見張っている。

「何?　何かの罰ゲーム?」

「魔除《まよ》け札?」

失礼な連中だ。匡平は、

「どーも」

と短く礼を言い、封筒を受け取った。嘘だろ?　と周囲がどよめく。

「おっっい！　い、いるのかよ！」

「なんでー？　誰かを呪うのに使うのーっ!?」

言ってろ。匡平は美和の心遣いに感謝しつつ、ひとりで先に教室に行った。騒がしい教室の隅の席に座り、さっそく封筒を開いてみる。

確かにそこには、水着姿の順子の写真が収められている。町内コスプレ大会、という看板の前で、しましまのボディスーツのような水着と、揃《そろ》いの帽子を身につけている順子が。胸には「囚人」というネームまで縫《ぬ》い付けて。

匡平はまじまじとその写真を見つめて呟《つぶや》いた。

「……なんで真顔」


「──さあいよいよ今週末が初の模試です！」

学校帰りに塾によってみれば、匡平と同じくインフルエンザから復活したばかりの順子は、ますます熱くなっていた。

「今回は結果よりも試験の空気に慣れることが目的なので、そう固くならないで大丈夫よ！」

と、言葉もどんどんヒートアップしてくる。

「あと東大模試はトップ進学校の超人たちが多数来てるので、休み時間にいきなり答え合わせをしたりと不安になるけど、聞かないように。あとあと、たまに試験後泣き出す生徒とかもいるのでメンタルを強く……」

「いや、お前が一番固いだろ」

匡平が冷静に突っ込むと、順子は苦笑いをした。

「そう。私は固くなっちゃうところがダメだったって思う」

と自らの体験を踏まえて。

「東大は受験者の三分の一に入れれば勝てる。だからトップ争いではなく自分との戦いなの。この時期の模試で大事なのは結果じゃなくて弱点の発見よ。東大の本番の試験では、半分強、点を取れば受かるから三割間違えてもいいから一点でも取れる粘り強さを」

実のところ、匡平自身も、不安がないかといえば嘘になる。不安も緊張も当然ある。でも目の前に、こいつがいる限りは。

「秋からは模試続きだから、自由時間も友達との時間も減ると思うけど……」

匡平は、熱心に説明している順子を見つめて聞いた。

「でも先生はいますよね？」

「もちろん」

順子は顔をあげて、にっこりと笑う。ああ、これだ、と匡平は思い出した。初めてこの塾に来た日に見たんだ。順子の、この、妙に人を惹《ひ》きつける強い眼差《まなざ》しを。

順子は、

「ストレスでハゲてもブッツブツになっても、先生そばにいるからな！」

と鼻息も荒く言ったあと。

「ただな。私が文系だったから、理科がとにかく弱いんだよな……模試前に要点だけでも整理できたらありがたいんだけど……」

と、何やらぶつぶつ言っていたが、突然閃《ひらめ》いた様子で、あ、と言った。

「理系といえば、あいつだ！」

最近では自他共に認める初恋童貞こじらせ男、雅志《まさし》は、驚愕《きょうがく》の表情で玄関ドアを開けた。

「わぁ、相変わらず雅志んちひろーい！」

順子だ。無理して組んだ軽井沢旅行の、空振《からぶ》りの傷も癒《い》えない雅志の家に、順子がやって来た。しかも、あのピンク頭の少年まで連れて。

「独身で三十階建て３ＬＤＫとか、さすがだわ」

能天気にそんなコメントをする順子とは違い、匡平の方は気まずそうだ。それは、そうだろう。互いに互いの気持ちを知っている。

「おいこら順子。言っとくけどな、俺はもう大学の勉強なんて十年近くやってないんだよ。いきなり理科の参考書教えろって、最近の東大の傾向も知らねーし」

至極《しごく》まっとうな雅志の困惑など御構いなしに、順子はさっさと匡平を連れて、リビングに続く書庫に入ってゆく。

「見てユリエ。この家書庫があるわ。何この鈍器《どんき》みたいな物理大辞典。やっぱ理科は範囲が尋常《じんじょう》じゃないわね」

などと言って、ふたりで頭をくっつけるようにして、参考書を見ている。

「もうしょうがないわ。これ全部、根気強くさらっていきましょ。ユリユリの得意な分野からピックアップしていくから――」

「順子」

もう我慢ならない。言ってやる！　雅志は振り向いた順子の顔に、人差し指を突きつけた。

「お前はそんなんだから東大に落ちるんだ――っ！」

順子の顔がムンクの絵画のように歪む。

「んまままままま、まさしーっ！　ヒドいよ、言い過ぎだよーっ！」

いいや、言ってやる。自分のためではない、あのピンク頭少年のために！　雅志は仁王《におう》立《だ》ちのまま、言い放った。

「いいか。受験ってのは採用試験なんだよ！　闇雲《やみくも》に勉強なんかするな、腹立つ！」

それから、順子が手にしていた過去問題集を取り上げ、パラパラっと開く。

「過去問をよく見ろ！　この分量と範囲！　東大が何を求めてるか分かるか？　真面目《まじめ》にやり過ぎて潰れるような奴は要らねーんだよ！　東大はな、日本一効率と要領が良い人間を取りたがってるんだよ！」

そうだ。効率と要領。大学が人生のゴールじゃない。その先、社会に出た時にこそ、この二点が大事になってくる。

順子はくっと喉《のど》を鳴らして恥じ入った顔をした。

「ぐうの音《ね》も出ません……」

「それから今、夜の八時。国立志望の受験生のゴールデンタイムに、こんなとこへ連れ出す講師を、俺は軽蔑《けいべつ》している」

「うう……」

「徹夜は絶対しない、自宅で勉強しない、リフレッシュをむしろ計画的に取れ。息抜きと睡眠時間をとることを第一に考えた上で、逆算して勉強時間を配分しろ。文句は言うなよ。この受験の合格で、お前ら二人の人生、180度変わるんだろ」

順子と匡平が、お互いを見つめ合う。なかなか複雑な気持ちだったが、雅志はすでに理解していた。この少年が本気だということ。そしてそれを後押しする順子の人生も、また、大きく変わろうとしていることを。

結局、匡平はそのまま、雅志の書庫で勉強を始めた。キッチンでは順子が食事を作り出している。雅志は床に座って、傍に立つ順子に言った。

「順子。言い方がキツくなって、わるかっ……」

「いい！」

すかさず順子が遮《さえぎ》ってくる。

「間違っても謝らないで。何もかも雅志の言う通りよ！　私、自分の何がダメだったとか、考えること自体から逃げてたから。すごく嬉しかったのよ」

考えることを禁じたのは、順子自身ではなく、順子の母親だ。雅志はそのこともとっくにわかっていたが、言わなかった。

なぜ、東大に行かねばならなかったのか。なぜ、寝る間も惜しんで勉強しなければならなかったのか。なぜ、なぜ……。本人が考えるより前に、順子の道は、母親によって決められていたのだ。

それがようやく、順子自身の意思で、あの子を東大にやろうとしている。しかし、雅志はまた、別の不安がよぎるのだ。

「お前。あの子落ちたら、どうする気だ?」

順子は料理をする手元を見つめたまま、

「あの子は、必ず受かるわ」

はっきりと、そう答えた。

「お父さんに否定され続けて、守ってくれるお母さんもいなくて。でもまだ自分の力じゃ、居場所も選べなくて。自分の運命を切り拓く方法をやっと見つけたんだもの。馬力が違うわよ」

それから、ふっと微笑《ほほえ》んで、順子は付け足した。

「だから私も一番近くで支えになるって決めたの」

雅志は飲んでいたビールにごふっとむせた。

一番近くで!

「雅志?」

「……いや。相当厳しい挑戦になるぞ。あの子にとってもお前にとっても。精神的に、かなり追い込まれると思う」

トラウマを、思い出すかもしれない。東大に落ちた、あの頃の順子を思い出すだけで、雅志こそが胸が苦しい。

「危なくなったらすぐ呼べよ」

順子は少し驚いた様子で目を見張ったが、きりっとした顔つきに戻ると、言った。

「呼ばない」

「順子。でもな」

「ありがとう。雅志がいてくれてよかった。さっき雅志が言ってくれた言葉、すごく響いた。私も、もっと指導に集中するわ」

あーあ。雅志はキッチンの床で頭を抱えるはめになる。バーカ、俺！　何やってんだか。

結局順子と恋敵《こいがたき》の距離を、ますます縮める手助けをしてしまったような。

どうやら雅志の苦難は、まだまだ続くようだ。

雅志の助言は、順子に必要なことを気づかせてくれた。気持ちも新たに、匡平を東大に入れるためのプログラムを組むことにする。

翌日、塾で匡平と相談した。

「――で、物理は圧倒的に演習量が必要なわけだけど。雅志の言う通り、下手《へた》に量こなすより、公式を押さえて基礎固めに集中しましょう」

そこでチャイムが鳴ってしまう。容量と効率が大切だとは分かっていても、どうしたって時間が足りない。

「ユリ代、ちょっとうち寄って帰れる？」

帰り支度《じたく》をしていた匡平は目を見張った。

「え……いーの？」

「物理のいいテキスト見つけたんだけど、家に忘れてきちゃったのよ。持って帰ったら朝自習で使えるでしょ？」

塾を出た順子と匡平は並んで、自宅までの道を歩いた。冷たい空気が、かえって頭をすっきりさせてくれる。

順子は歩きながら、ずっと聞きたかったことを匡平に聞いた。

「ねえユリユリ。東大行ったら何したい？」

「就職？」

「はは。そんなたいそーなもんじゃなくて。私、現役《げんえき》の時さ、合格しか頭になくて。受かったら留学したいとか、こんなサークル入りたいとか。もっと楽しい妄想たくさんすればよかったのにって、思うから」

合格だけが、目的だった。がむしゃらに、ただがむしゃらに勉強して。その先を考えるのも楽しかっただろうに、もったいないことをした。

匡平が、足を止める。ぽつぽつと、呟《つぶや》くように。

「……家、出て」

「おお、いいね」

「免許取って」

「うん」

「できるだけ早く働きたい」

「まじで？」

夜の道路は行き来する車の光があふれ、あちらこちらで響くクラクションで騒がしい。順子は、自分よりずいぶん背が高い匡平の顔を見上げ、耳を傾けた。彼の一言一句を聞き漏《も》らすまいと。匡平が、真剣な眼差《まなざ》しで順子を見つめる。

「――そんで……」

「順子！」

順子は振り向き、びっくりして、少し離れた場所に立つ人を見た。

「……え。お母さん？」

母だ。この寒空に、薄着のまま、サンダルばきで、そこに立っている。

「おかしいと思ったのよ。毎日部屋でこそこそと」

母は青ざめた顔で、震えるような声で言った。

「あなたその生徒を、東大に入れるとか言っているそうね」

そういえば、話していなかった。東大に関する話題は、何かとタブーのようにも感じていたから、あえて話さなかった。

「あ、うん……実は」

「いい加減にしなさい！」

母は、順子の腕を強くつかんで、瞳を見開くと、言った。

「あなたのチャンスはもうとっくに終わってるのよ！　みっともない！」

鋭い刃でえぐるような言葉。今までだって、何度も言われてきた。

だから、耐えられる。このくらいの言葉、すっかり免疫《めんえき》ができている。

でも、続く母の言葉は、とうてい聞き流すことはできないものだった。

「こんな不良相手に恥《はじ》の上塗りよ。東大なんて、行けるわけないでしょう！」

「お母さん！」

熱い――熱い何かが、胃の底の方から一気にせり上がってきて、順子は強く母の肩をつかんだ。

「口を謹《つつし》んで！」

母は顔面蒼白になる。

「――なっ、順子……？」

「この子は、私じゃないわ」

順子は匡平の前に立つと、しっかりと母の目を見て、言った。

「私は、自分に負けて、この歳《とし》まで逃げ回って。お母さんが、がっかりして、文句言いたいのも分かるわ。でもこれは、この子の挑戦なの」

確かに順子だって、匡平の挑戦と合格に懸《か》けている。でもわかっている。わきまえている。自分の受験が、決して母のものなどではなく、順子自身のものであったように。この挑戦は匡平だけのもので、その価値や、可能性を、誰かが否定していいものではないのだ。

「私の生徒を否定することは絶対に許さない！」

順子は高らかに、宣言するように、そう叫んだ。

大通りのガードレールに腰掛けて、順子は顔を覆《おお》っていた。成り行きとはいえ、匡平にみっともないところを見せてしまった。

隣に寄りかかる匡平が、そっと聞く。

「大丈夫？」

順子は顔を覆ったまま呟いた。

「……初めてお母さんに、あんな大声出した」

うん、と匡平は答える。

「でも、俺は嬉しかったよ」

それから自分が学生服の上に着ているコートで、順子の頭からすっぽりと覆うようにした。順子を、慰めようとしたのか……。

「春見。必ず合格して――」

その先の言葉は、車の音でよく聞こえなかった。なんと言ったのか。先ほどまで、合格したら何をしたいかという会話をしていたから、その続きだろう。

落ち着いたら、ちゃんと聞かなくちゃ。

でも、今は――。

順子はしばらくの間、匡平のコートの中で、顔を覆ったままでいた。

胸が震える。三十一年間、一言も言えなかった順子の、譲《ゆず》れない、初めての言葉を、今夜、母に叩きつけたのだ。


匡平と別れ家に戻ると、玄関で、父親が待っていた。

「順子。今日、お母さんとちょっとあったみたいだな」

いつだって冷静で温厚な父は、今日も、穏やかな声で順子に言った。

「順子。お前ももう大人だ。無理にお母さんと一緒にいなくてもいい。家も出たかったら好きなようにしなさい。ただし、お母さんと喧嘩《けんか》別《わか》れだけはしないように」

「はい……」

その夜は、なかなか寝付けなかった。ベランダで、いつものように、とろとろとくっついていると、匡平から、電話があった。

順子はスマホを耳にあてて苦笑する。

「……生徒に番号教えた覚え、ないんだけどな」

『前に八雲《やくも》さんのケータイ見た時、覚えた』

そういえば、雅志のピンチを知らせてくれたのは匡平だった。講師と教え子なのに、順子はあまりにも彼に私生活を見せすぎている。

しばらくの沈黙のあと、電話の向こうで、匡平がそっと聞いた。

『――元気？』

心配させてしまったのだ。三十一歳にもなって、初めての母親への反抗で、順子が動揺《どうよう》してしまっていたから。

順子は、静かに答えた。

「……うん。元気。ユリユリは、元気？」

『元気』

匡平は、彼らしく、そっけなく答えた。それだけ、と言って、電話が切れた。順子は通話が途絶えたスマホを手に、とろろを抱き寄せて、じっとそのぬくもりを感じていた。

模試の朝。匡平は、美和にもらった封筒を開ける。あの囚人水着を着た順子の写真のほかに、もう一枚、別の写真が入っている。美和のメモには、

『さすがにこの写真だけっつーのもどうかと思うので、フツーのも入れとくな』

とあった。

居酒屋かどこかで、こちらを見つめる順子が写っている。匡平の好きな、あの強くて優

しい眼差し。

匡平は写真にそっと唇を寄せる。それから外に出て、冬の空気を思い切り吸い込むと、自転車にまたがった。

ペダルをこぎながら、匡平は思い出す。あの夜、匡平のコートの中で、顔を覆って静かに泣く順子は、まるで同年代の少女のようだった。

そんな彼女に、匡平は言ったのだ。

(春見……必ず合格して——幸せにするよ)

東大に入ったら何をしたいのか、と順子は聞いた。匡平は答えた。家を出て、早く働きたい。それから、順子と釣り合う男になって——幸せにする。

それこそが、匡平の夢だ。

ペダルをこぐ。吐く息が白く煙っている。冬が来て、それからもう一度季節がめぐれば、その日は来る。

絶対に合格する。変われるんだってことを、自分自身にも、順子にも、証明する。

匡平は白い息を吐きながら、塾までの道を急いだ。


——出来るな?

雅志は、順子にそう聞いた。この受験の合格で、順子と匡平、ふたりの人生が180度変わるのだから、と。

「出来る」

順子はそう答えた。

今日は匡平の初模試だ。塾で待ち合わせしてから、送り出す約束になっている。外に出ると、朝の空気がひやりと頬《ほお》をさした。

それでも冬の空気は綺麗《きれい》に澄み切って、目の前の光景も、昨日までとは少し違って見える。

「よし」

三十一歳。キャリアなし。結婚の予定なし。

でも今は、前ほど憂鬱《ゆううつ》が怖くない。

そりゃあまあ、分かっていても、憂鬱に捕まっちゃう日はあるけど——。

そんな時は、君を思い出すよ。

こぼれ落ちるピンク。細い肩と、伏せたまつげ。

「行って来ます」

さあ、急ごう。あの子が待っている。筆記用具に受験票、時計……持ち物をチェックして、それから、背中を叩いて、笑顔で送り出すのだ。

行ってこい！　と。

匡平はきっと、少し迷惑そうな顔をするんだろう。その顔を思い浮かべ、順子は微笑《ほほえ》むと、塾までの道を歩き出した。

※この作品はフィクションです。実在の人物・団体・事件などにはいっさい関係ありません。

集英社オレンジ文庫をお買い上げいただき、ありがとうございます。
ご意見・ご感想をお待ちしております。

●あて先
〒101-8050　東京都千代田区一ツ橋2-5-10
集英社オレンジ文庫編集部 気付
山本　瑤先生／持田あき先生

小説
初めて恋をした日に読む話

集英社
オレンジ文庫

2018年12月23日　第1刷発行

著　者　山本　瑤
原　作　持田あき
発行者　北畠輝幸
発行所　株式会社集英社
〒101-8050東京都千代田区一ツ橋2-5-10
電話【編集部】03-3230-6352
【読者係】03-3230-6080
【販売部】03-3230-6393（書店専用）
印刷所　凸版印刷株式会社

※定価はカバーに表示してあります

ISBN 978-4-08-680230-7 C0193